영원으로 가는 열차

1판 1쇄 발행 2021년 1월 11일

지은이 조진수

편집 홍새솔
펴낸곳 하움출판사
펴낸이 문현광

주소 전라북도 군산시 축동안3길 20, 2층 하움출판사
이메일 haum1000@naver.com 홈페이지 haum.kr

ISBN 979-11-6440-737-8

좋은 책을 만들겠습니다.
하움출판사는 독자 여러분의 의견에 항상 귀 기울이고 있습니다.

값은 표지에 있습니다.
파본은 구입처에서 교환해 드립니다.

영원으로 가는 열차

프롤로그

모두를 설명하는 이론의 의미

철학과 물리학은 만물의 이치를 탐구하는 학문이다.
How에서 시작하여 Why로 끝을 내는 것이 궁극의
목표이다. 모두를 설명한다는 것은 가능한 모든 방법으로도
설명이 가능해야 한다.

그 마지막에 기다리는 작은 문을 통과하면 모두를
설명할 수 있음이 확실하다.

전지자의 첫 발걸음을 내딛는 것이다.

양자역학 불확정성의 원리:
관측되기 전에 확정지어지지 않는다.

최후의 만찬

최후의 만찬 이후 예수는 12번째 제자에 의해 십자가에
못박혀 죽었다. 그래서 13은 저주받은 수이다.
비틀즈 멤버 중에 존 레넌도 자신의 극성 팬에게
암살 당했다.
존 레넌은 예수와 같은 인생을 살았다.
존 레넌의 어머니 이름은 공교롭게도 Mary이다.
성모 마리아의 이름과 똑같다.

숫자 23의 비밀

내 양력 생일은 10월23일 음력 생일은 9월 24일 9를 -1로 보면
역시 23, 책이 출간되는 해가 2021년 21+2=23

가상중력과 흐르는 빛

관측자의 불규칙한 가속으로
생기는 중력과 빛의 흐름.

빅뱅 부정 그리고 우주론

우주는 누가 만든 것인지는 모르지만 시작도 없고
끝도 없다.

시작이 있는 곳에 끝이 있기에 끝이 없는 우주는
시작도 없었다.

미래와 과거 그리고 현재는 순서가 없기에
미래에서 천지창조를 하는 것도 가능한 일이다.

나는 빅뱅이론을 부정한다.

우주는 그냥 있었던 것이다.

노래가사에서 의미를 찾아라

여러분도 사랑노래만 듣지 마시고
의미 있는 노래 가사를 들어 보시길 바랍니다.

이 책의 반은 여러분이 써야 합니다.

21세기는 개의 세기가 아니다

21세기는 자유로운 고양이의 세기.
누구도 믿고 따르면 안 된다.
그것이 4대 성인이라도...
그대가 영원한 삶을 얻고 전지자가 되려면 적어도
그들과 동등하거나 그들을 뛰어넘어야 한다.

종교를 가지고 누구를 믿는 것보다 우선해야 할 것은
자기 자신을 믿는 것이다.

전지자가 되려면 자기 자신조차 뛰어 넘어야 한다.
그 순서는 내가 날 믿고 내가 널 믿어서
그냥 가는 것이다.

역할 바꾸기 게임

우리는 지금의 신을 절대로 알 수 없다.
단지 역할 바꾸기 게임을 하는 중이다.

지금 가장 고통 받고 있는 사람이 신이다.

니체의 상처 입은 분노는 신도 죽였다.

가브리엘 경적기 역설

y=의 그래프를 x축 방향으로 회전시키면 동굴 모양의 도형이 생긴다.
이 도형은 부피적분을 하면 유한값, 넓이적분을 하면 유한값이 나온다.

페인트로 칠하면 전체를 칠할 수 없지만 페인트를 부으면 전체를 채울 수 있다.

이런 류의 차원딜레마가 생기는 것은 무한대가 존재할 수 없기 때문이다.
유클리드 기하학 전체는 오류를 가진다.

양자 중력

기일원론 : 유기론

우주만물이 존재할 수 있는 근원적 실체를 기(氣) 하나로 보는 학설.

이는 이일원론(理一元論)·이기이원론(理氣二元論)과 구별된다.

기일원론은 유기론(唯氣論)이라고도 하는데, 인간·자연·사물 등 모든 존재는 기로 되어 있다고 본다. 기의 명칭은 태허(太虛)·태화(太和)·일기(一氣)·원기(元氣)·신기(神氣)·담일청허지기(湛一淸虛之氣)·지기(至氣) 등 학자에 따라 다양하게 불리는데, 이기이원론에서 말하는 이개념까지도 포괄하는 개념이다. 중국에서는 장재(張載)의 태허설(太虛說)에서 비롯되어 왕부지(王夫之)·대진(戴震) 등으로 이어지지만, 만물이 기에 의해 형성되었다는 자연철학은 전국시대(戰國時代)부터 있어왔다.

우리나라에서 기일원론 철학의 본격적인 전개는 서경덕(徐敬德)부터이다. 이후 임성주(任聖周)·최한기(崔漢綺)·최제우(崔濟愚)에게로 이어져 내려왔다.

서경덕은 우주만물의 궁극적 근원을 기로 보아 기일원론의 철학을 열었다.

그는 천지만물이 아직 생성 변화되기 이전의 우주 원형을 태허(太虛)라 하고, 그것은 담연무형(淡然無形)하기 때문에 그 큼이 밖이 없으며 그 먼저됨이 시작이 없다 하였다. 태허는 만유(萬有)의 궁극적 실체인 기의 원형으로서 빈 것이지만 없는 것이 아니다. 오히려 그것은 전 우주공간을 빈틈없이 꽉 채우고 있는 것이다.

따라서 태허는 허(虛)이면서도 허가 아니며, 소리도 없고 냄새도 없으므로 없는 것 같지만 실은 실재하는 것으로 '허즉기'(虛卽氣)라 하였다.

그러므로 노자(老子)가 유(有)를 무(無)에서 생긴 것이라고 한 것은 허가 곧 기임을 몰랐기 때문이며, 허가 기를 낳을 수 있다 하였는데 이 또한 잘못이라고 비판하였다. 그러면 이 태허로부터 천지만물은 어떻게 생성되는가?

그에 의하면 이 본체의 기인 태허로부터 음양(陰陽)·동정(動靜)·취산(聚散)에 따라 천지·일월성신과 삼라만상이 생성 전개된다. 여기에서 만물이 화생(化生)되기 이전의 본체세계를 선천(先天)이라 하고, 만물이 화생되어진 이후의 현상세계를 후천(後天)이라 하였다.

그리고 기야말로 취산은 있어도 유무(有無)는 없다며 기불멸론을 주장하였다. 즉 이 세계는 담일무형(湛一無形)의 기가 모였다 흩어졌다 하는 것에 불과한 것이다. 비록 한 조각 촛불의 기가 눈앞에서 꺼지는 것을 본다 해도 그 남은 기는 끝끝내 없어지지 않는 것이다. 기가 모이면 그것이 태어남이요 기가 흩어지면 그것이 곧 죽음이라 하여, 기의 작용은 천차만별의 차이가 있을지라도 그 기는 영원히 불멸한다 하여 기의 항존성(恒存性)을 주장하였다.

임성주는 장재의 태허설, 정(程)·주(朱)의 이일분수설(理一分殊說), 나흠순(羅欽順)의 기론(氣論), 정호(程顥)의 성론(性論)을 바탕으로 기일원론의 철학을 깊이있게 열었다.
그는 장재·서경덕·노자(老子)·맹자(孟子), 〈주역〉 등의 기론을 종합하여 다양한 설명을 하였다. 임성주의 기는 체(體)로서는 천(天)·천기(天氣)·호연지기(浩然之氣)·태허(太虛)라 부르고, 그 유행함을 도(道)·건(乾)이라 불렀다. 일기(一氣)는 우주 사이에 상하·내외가 없고 시작과 끝이 없이 가득 차서 많은 조화를 일으키며 인간과 많은 사물을 낳게 한다.

기의 근본은 하나일 따름인데 그것이 오르내리고 날리고 뭉쳐 혹은 크게, 혹은 작게, 혹은 바르게, 혹은 기울어지게, 혹은 맑게, 혹은 흐리게 되어 스스로 각기 하나의 다른 기가 된다.

반면 이(理)는 기(氣)의 자연(自然), 당연(當然)의 '연'(然)자의 뜻으로 기의 속성 내지 법칙으로 격하된다. 천지 만물은 모두 기화(氣化)의 소산인데, 그 본체인 원기(元氣)는 곧 '기지일'(氣之一)이다. 이것이 바로 장재의 태허요 맹자의 호연지기라 한다.

그리고 이 일기 내지 원기의 일동일정(一動一靜)에 따라 일음일양(一陰一陽), 춘하추동 사시, 오행(五行)의 변화가 있게 된다. 그는 이기묘합의 관계 속에서 이일분수의 의착처(依着處)로서 기일분수의 중요성을 강조하여 그의 기일원론 철학을 체계화하였다.

또한 최한기는 신기(神氣)라는 실체개념을 독자적으로 설정하여 기일원론의 철학을 전개하였다.

그는 우주 삼라만상에 근원적으로 존재하는 보편자를 신기라 하고, 이것은 고정체가 아닌 활동변화하는 것이라 하였다. 기는 한 덩어리의 활물(活物)이므로 본래부터 순수하고 담박하고 맑은 것이다.

그는 모든 현상적인 만물은 기(氣)와 질(質)이 서로 합하여 이루어진다 하고, 기는 하나이지만 사람에게 주어지면 사람의 신기가 되고, 물건에 주어지면 물건의 신기가 된다고 하였다. 따라서 사람과 물건의 신기가 같지 않은 까닭은 질에 있다. 반면 이는 실체개념이 아니라 기의 조리(條理) 내지 내재적 속성으로 파악하였다.

모두를 설명하는 이론의 탄생에 관하여

1991년부터 TOE(Theory Of Everything)을 연구했다.
초등학교부터 대학교까지 실험을 매우 중요시하는 학교에 다니면서
실험과 리포트를 아주 많이 썼다.

고등학교 1학년 때부터 조울증을 앓으면서 바닥에서 극한까지
오르락 내리락을 수없이 하면서 내 경험을 실험의 데이터로
사용하며 만든 책이 모두를 설명하는 이론(The Theory of Everything)
이다.

출판사와 계약을 하고 14개월간 글을 다듬으면서 대중들도 이해할 수
있도록 만든 책이다.

나는 1학년때 아이큐가 156으로 성균관대 전체에서 가장 높았다.
지금은 조울증을 완전히 극복해서 아이큐가 156이상이라고 확신한다.

책에 기록된 과학내용들은 빙산의 일각이고 많은 자료를 더 가지고
있다. 시적인 내용들은 대중들에게 쉽게 다가갈 수 있도록
의미 있는 팝송가사를 번역한 것이다.

천재는 1퍼센트의 영감과 99퍼센트의 노력으로 이루어진다고들 한다.
자신 있게 말할 수 있는 것은 나는 99퍼센트의 노력을 했다는 것이다.

두 세상의 경계에서 본 객관적 자료
(머릿속 데이터를 정리하면서...)
꿈과 현실의 경계에서 수집한 데이터

우연 : 난 그 시간에 그 장소에서 그 누군가를 만나고 그 무언가를 보면서 그 무언가를 했지. 널 다시 만날 필요는 없겠지만 가끔 생각이나.
연극 : 나의 연극은 너를 속이지만 결국 나를 속이고 말지.
핸디캡 : 유리한 승부는 재미가 없지.
견디기 힘든 일이 생기면 : 그냥 내버려 두자.
욕 : 빌어먹을 고정관념의 틀. 욕해도 재미있을 때가 있지.
상대적인 것들 : 혼자서 바른 것은 어디에도 없지.
A Beautiful Mind : 세상 어디에도 확실한 것은 없지. 그것이 내가 아는 유일한 진리야.
종교: 내 백이 더 든든하지. 믿는 구석이 없으면 왠지 불안한걸.
변하지 않는 세상 : 변하는 세상이 바람직하지 않는데 하는데 가장 많이 변한 건 내 자신이지.
나는 행복해지고 싶지 : 그래서 힘든 삶에도 희망은 있나봐.
차마 하지 못한 말들 : 후회를 남기지. 욕이라도 해야 했을까?
내가 못하는 것들 : 타협만은 할 수 없었어. 정당치 않은 일을 정당하다고 말할 순 업지.
천상천하유아독존 : 어떤 상황에서건 나를 배제하고 생각할 수는 없지.
일체유심조 : 의식해야 존재할 뿐 의식치 않으면 존재하지 않지.
부끄러운 것들 : 남을 너무 의식해서 인거야. 나라는 존재를 다른 이들은 별로 특별하게 생각하지는 않아야지.
좋아요를 눌러줘 : 내게 관심을 가지는 사람이 필요하지. 난 언제나 외로운 존재인가 봐.
너도 나 같았으면 해 : 부질없는 바람이지.

rule0 : 모든 법에 생략된 0항. 모든 법은 약자의 편이다. 그러나...
Yesterday : 어제는 좋았었는데.
나를 떠나야 했던 너 : 이미 정해진 일인 거 같아. 잡을 수가 없었지.
너 : 나를 좋아했었지만 변하고 말았어. 그러면서 비웃으며 떠났지.
영원히 변하지 않는 것 : 우리의 기억뿐이다.
세상에 어디 하나 나쁘기만 한 것이 있을까? : 절대선 절대악은 있을 수 없지.
오해 : 남들과 다르게 생각했었지. 남들이 미쳤다고 말해서 다시 생각해보니 정말 그런 거 같았지. 많이 부끄럽기도 했었어.
기다릴 수 없었어. : 그래서 가장 좋은 것을 얻지 못했지. 충분한 시간 앞에서 항상 조급했었지.
약속 : 나와의 약속이 가장 지키기 힘들지.
8282증후군 : 금새 지은 집은 쉽게도 무너지더군.
특이점 : 모든 규칙에는 예외가 있지.
변명 : 너는 내가 정말로 잘못했다고 믿게 한 거야. 젠장 그럴 수도 있었는데.
반복되는 세상의 오류 : 나한테 끌리는 사람들. 예전에도 그랬었지. 난 너무 잘난 척을 했어. 그래서 그들과의 관계가 무너지고 말았어.
비틀거리는 세상 : 내가 변하면 세상이 다르게 다가오지. 그때는 내가 세상 모두를 가질 수 있다고 확신 했었어.
이상한 나라의 앨리스 : 세상은 가끔 바보짓을 하고 이상한 나라에 온 것 같아.
기침 가래 재채기 하품 하는 사람들 : 이 공간에 너와 나는 연결된 것이라는 걸 항상 나에게 확인시켜 주지. 어떻게 받아들여야 하는지는 아직도 모르겠어.
Ordinary World : 보편적인 세상에만 머무를 수는 없는 거야.
비정상적인 것 : 정상이라는 것은 항상 나의 행동의 폭을 강요하지. 넘어서는 안 되는 선을 제시하지. 내 자유의 폭을 막아서는 거야. 난 더 멀리 벗어나고 싶어. 정상적이라는 것에서...

사선에 서서 : 법과 위반의 한계에서 짜릿한 스릴을 느끼고 싶어.
자유롭지 않은 나 : 자유를 갈망하기에 살아가는 힘이 생기지.
과도한 자신감 혹은 지나친 겸손 : 둘 다 상대방과 불편한 관계를 형성하지.
가슴이 답답해 : 무겁게 나를 누르는 이 빈 공간은 끝없는 방황으로 나를 이끌지.
평정심 : 흥분해서 잘되는 일은 없지. 짜증만 늘지.
The World of Troubles : 인내심은 나를 지켜내는 힘이 되는 거지.
완벽주의: 너무 널 피곤하게 만들지. 때로는 차선의 선택이 더 유리할 수도 있어.
부끄러움 : 부끄러움을 믿으면 넌 부끄러워 질 수 있어.
착각(헷갈림) : 내가 세상에 정의하는 것을 항상 자체오류에 빠지게 만들지.
세상의 진리 : 이미 내에 있지. 많은 특이한 경험을 통해 조금씩 내안에서 얻어낼 수 있지.
이미 나온 데이터들 : 잘만 연결고리를 맞추면 큰 원리를 얻을 수 있지. 하지만 한 개라도 잘못 맞추면 독단에 빠질 수 있어.
패배자의 변명 : 아직 게임은 끝난 게 아니야.
철저히 길들여진 나 : 모두를 버리고 진정한 내 모습을 만들어 가야지.
진리에 다가서는 동안의 반복된 오류 : 그래도 얻는 것이 있지.
교육 : 우린 누군가에 의해 만들어졌고 또 누군가를 만들어 가고 있지. We don't need no education. We don't need no thought control.
로봇 : 축복된 세상에 주인공은 내가 아닌가봐. 공허한 메아리만이 나를 다그쳐.
세상의 진리 : 아무리 가까이 접근해도 무한의 착각이 나를 시험하지. 한번이라도 실수하면 다시 풀어야해. 다시 풀 때는 조금 더 현명해져 있지. 그것이 내공인거야.
색즉시공·공즉시색 : 산다는 건 실감나는 꿈이지. 결국 잘 짜여진 프로그램인거야.
허무함 : 모든 것을 알고 나면 죽을 만큼 허탈할거야.

난 누군가 또 여긴 어딘가? : 저 멀리서 누가 날 부르고 있지.
You : 마지막 순간에 만나는 건 항상 다른 모습이지만 너라는 걸 알고 있어. 아니면 나의 또 다른 모습인걸까?
필요한 물건 : 꼭 필요할 땐 어디가고 없지?
천천히 릴렉스 : 흥분해도 전체적으로 여유 있게 내 주위의 일에 대처해야지. 아니면 다른 이들을 피곤하게 할 수 있어.
슬피 우는 저 새는 내 마음을 알려나? : 그럴지도 모르지.
끝 : 시작이 있는 곳에 끝이 있지. 끝이 없는 곳엔 시작도 없는 거야.
달팽이의 바다 : 안과 밖의 구별이 없지.
내가 사는 세상 : 다른 이가 사는 세상과 같지 않지. 내 기준으로 모든 세상을 판단할 수 없는 거야. 언제나 상대적인 세상이니까.
세상에 어느 하나 무관한 일이 있을까? : 너의 잘못만은 아니란다.
전체의 양 : 그건 중요하지 않지. 중요한 건 변화된 것들이지.
하다가 잘못하면 : 처음부터 하는 것도 나쁘지는 않지.
아무도 맹신적으로 믿지는 말자. : 나는 결국 내가 지켜야지.
이상의 거울 : 거울 속의 나는 내가 아니지.
궁극적인 진리 : 쉬운듯하면서도 계속 헷갈리지.
대인관계 : 마음을 편하게 해줘야 트러블이 안생기지.
수순 : 어떤 일들은 순서가 매우 중요하지.
승부 : 억지로 자기 페이스로 만들 순 없어. 내 페이스를 약간의 긴장으로 기다려야해. 승부가 없는 세상은 너무나 흥미 없지.
운수 좋은 날 : 나중에 크게 안 좋은 일이 벌어질 수 있지.
착각 : 어떤 경우에는 돌이킬 수 없는 결과를 만들지. 그 동안 착각으로 많은 이들을 떠나보내야 했었어. 내게 소중한 너조차 만날 수 없게 되었지.
적당한 것들 : 대부분 적당한 게 필요하지. 하지만 그것을 넘어서 보는 것도 필요할 때가 있어. 넘어서면 다시 마무리는 잘해야지.
The sun always shines on TV : 나의 약한 모습에 대해 변명하게 만들지 말아줘. 난 내주변의 먼 문제점들을 해결하는 것들이 내안에 있다는

걸 알았어.
내 패 : 적당히 보여주면 그만이지. 다 보여주면 내세울 게 남지 않아.
악마의 유혹 : 달콤하지만 잘못 걸리면 큰 대가를 지불해야해.
생활의 지혜 : 상대방의 기분을 좋게 만드는 거야.
완벽주의 : 너무 피곤하지. 최선이 아니라 차선의 선택이 유용할 때가 많아.
여유 : 언제나 충분한 시간은 존재 하지.
유머감각 : 타인과의 관계에서 중요한 역할을 하지. 상대를 웃기는 것은 웃기는 이야기를 하는 것이 아니라 상대방과 즐거움을 공유하는 것이지.
고통 : 살아있다는 유일한 증거지. 고통 없는 삶은 무의미한 거니까...
좌우명 : 남과 다르기에 나는 존재한다.
세상에서 확실한 것이라고는 아무것도 없어. : 그게 내가 아는 유일한 진리야.
극한상황 : 현실과 환상이 구별되지 않는 상태
나의 배움 : 현자에게도 배웠지만 학생들에게 더 많이 배웠지.
무겁게 나를 누르는 이 빈 공간 : 끝없는 방황으로 나를 이끌지.
상쾌한 사워 같은 소리로 메마른 땅에 비를 내어 적시네 : 이젠 설랜 마음이 내게 다시 시작되는걸 느껴.
신은 죽었다. : 우리가 사는 세상은 신을 만들려 하지 않는다.
소음을 즐겨라 : Quiet Riot
미안이라는 말은 정말 하기 어려운 말이지. : 그래서 도망가 버리지.
난 더 미치고 싶어 : 나만의 세상을 만들어 보고 싶지.
나도 우리가 되었소 : 바로 그때 나를 비웃고 날아가 버린 나의 솔개여.
다들 미쳤다고 그래 : 난 더 미치고 싶지.
아무도 없어 : 내 곁에 너마저.
왜 죽고 나면 사라지는 걸까? : 난 그 누구를 몹시 미워했었지.
색즉시공·공즉시생 : 꿈과 현실 절대로 구분 할 수 없지?
궁극의 유머감각 : 사형집행관을 웃기는 거지.

나에 관하여

초등학교 6학년 때 정신적 충격으로 우울증을 앓았다. 봄부터 여러 가지 증세가 나타나기 시작했는데 가장 무서웠던 건 시험에 대한 압박이었다. 초5까지 전교에서 1등을 하곤 했는데 시험을 망치면 창피할 것 같아서 무척 걱정이 많았다.

정신병원에서 일찍 상담을 받았다면 훨씬 더 견디기 쉬웠을텐데 정신병이라는 것 정신병자라고 남들이 말할까봐 너무 병을 감추고 혼자만 아파했었다. 기분이 우울해질때는 끝없는 바닥으로 끝없이 떨어져 갔었다.

처음에는 기분이 나빴다가 좋았다가를 매일 반복하다가 중학교에 들어가서부터 그 간격이 몇 개월 단위로 길어졌다. 중3때 명문 고등학교에 원서를 쓰고 나서 깊은 우울증에 빠져서 고등학교 시험을 망칠 것 같았다. 하지만 시험을 얼마 안남기고 기분이 나아져서 다행히 합격할 수 있었다.

고등학교에 들어가면서 그래도 다행이었던 건 다들 공부를 잘하는 아이들이었기 때문에 성적에 대한 압박에서 벗어났다.

고1때 4차방정식 근의 공식을 간단히 유도하는 방법을 발견하여 학교에서 유명해졌다. 멕시코 월드컵 결승전을 보면서 음악노트에 빨간색 색연필로 여섯 장 정도의 분량의 공식을 유도했는데 그것이 맞는 것인지 아닌건지는 확실하지 않다. 노트를 분실하고 대학 때 아무리 유도하려고 노력을 해도 같은 결과로 유도되지 않았다.

고등학교 시절 사춘기를 심하게 겪었다. 아버지와의 관계가 안좋아서 반항을 많이 했던 기억이 난다. 보통 아이들과 다른 행동을 많이 했다. 아마

그때부터 이상한 세계로 빠져든 것 같다. 고등학교 때는 용돈의 대부분을 팝송 테입을 사서 무수히 많은 곡을 들었다. 처음에는 가사에 신경을 안 쓰고 멜로디가 좋아서 들었는데 나중에 대학을 졸업하고 즐겨 듣던 노래의 가사를 해석하는 과정에서 나와 같이 세상을 다르게 바라보는 사람들이 적지 않다는 사실을 알게 되었다.

고등학교 때는 성적이 좋지 않아 나중에 재수를 하게 되었는데 우울증이 조울증으로 달라지면서 부모님에 의해 정신병원에 강제 입원을 당했다. 재수할 때는 성적이 높게 올라서 명문대에 진학할 수 있을 거라고 생각했는데 병원에 한 달간 입원하고 약을 먹으면서 머리가 많이 둔해져서 대학에 떨어졌다.

삼수를 할 때 최악의 성적이 나오다가 다행이 시험보기 전에 기분이 좋아져서 암기과목의 성적이 크게 항상 되어 원하는 대학에 상위권 성적으로 입학할 수 있었다. 대학에 입학해서 아이큐검사를 했는데 아이큐가 156이 나왔다. 조울증을 겪는 아이들을 병원에서 자주 보면 머리가 좋은 아이들이 많은 편이다.

대학에 올라와서 지금까지도 정신병원에 강제입원 하기를 25번 반복했는데 병원에 입원하기 직전에 이상한 경험들을 많이 하게 되었다. 나 혼자 이상 했다기 보다는 주위의 사람들도 많이 다르게 행동했던 것들을 자주 보았다. 정신병원에 입원해있을 때 노트 4권을 사서 연구를 했다. 이 책은 100권이상의 노트를 편집한 것이다.

처음에는 단순히 내가 미쳤기 때문이라고 생각했지만 이런 일들이 반복되면서 우리가 사는 세상에 대해 많은 생각을 하면서 오랜 동안 그 동안의 경험에 입각하여 객관적으로 세상을 기술하기 시작했다. 영화 뷰티풀 마인드를 본 사람들이라면 영화의 주인공이 겪었던 일들을 계속 겪었다고 생각하면 이해가 쉬울 것이다.

극단적으로 조증에 가면 세상이 미친 듯이 내게 다가온다. 난 처음엔 이것이 나만의 문제라고 생각했었다. 그런데 조금씩 변화하는 과정에서 사람들과 세상이 조금씩 달라지는 것을 알고 내 존재가 다른 이에게 혹은 대자연을 대하는 것에 대해 영향을 준다는 것을 확신하게 되었다. 차분한 상태에서 조금씩 기분이 좋아질 때 사람들에게 인기가 많아지고 반대로 정신병원에 입원한 후 지적능력이 약해지고 감각이 무뎌지면 세상의 사람들이 날 무시하고 떠나는 것을 격곤 했다.

인간의 정신력이라는 것. 그것은 보통의 사람들이 생각하는 그 이상의 힘을 가지고 있다. 요즘은 하루는 적게 자고 하루는 많이 자는데 기분이 전체적으로 다운되어 힘겨운 삶을 살고 있다.

지금은 조울증에서 완전히 자유로워져서 자신있게 내가 미쳤었다고 얘기하는 것이다. 내가 겪은 모든 일들을 되돌아 볼 때 인간은 우리가 생각하는 것보다 상상할 수 없을 만큼의 정신 능력을 가지고 있었다. 또한 우리는 항상 세상과 같이 호흡한다는 표현으로 난 이 상황을 설명한다.

조증상태가 되면 뇌의 많은 부분을 사용하는 것 같다. 문제는 이런 상황에서 음기에 많이 끌리게 되는데 그것에 절대 빠지지 말아야 한다. 자신을 망치게 되는 결과를 초래 한다.

이 책을 만드는 이유는 내 생애를 정리하는 것이기도 하지만 정신적인 문제를 가지고 힘들어 하는 많은 사람들에게 그대들이 잘못된 생각만 하는 것은 아니라는 것이라는 것을 알리고 그들에게 살아가는 힘을 주기 위함이다.

어린 시절 꿈에서 공룡들을 만나서 피해 다니다가 마지막 순간에 익용의

꼬리를 잡고 날아오르는 꿈을 3번이나 꾸었다. 나는 이제 모든 것을 집어 던지고 영혼의 진정한 자유를 얻었다.

나는 성공한 사람들만이 세상을 제대로 산 것이 아니라 실패하고 미쳤다는 손가락질을 받는 사람들도 행복한 삶을 살아가기를 원한다.

정신병의 치유를 목적으로 한다는 마약 성분들의 약들이 그들에게 최선의 치료가 아니라고 확신하고 있다.

또한 모든 이들이 자신이 주인공인 세상에서 비록 혼자만의 방식으로 세상과 어울리고 적응하기 힘들더라도 자신만의 행복을 추구하기를 원한다.

내가 주장하는 가장 중요한 것은 세상의 모든 이들이 다를 뿐 틀린 이들은 없으니까 자신이 세상에 온 이유를 찾아 가기를 바란다는 것이다. 이 책은 모든 상처받은 영혼들을 위한 책이 되었으면 한다.

이 책은 내가 겪은 이상한 세계를 통하여 어떠한 궁극의 깨달음을 얻어서 객관적으로 나를 내 세상을 정리하고 정의했으며 반드시 모두가 마지막에 웃을 수 있다는 희망을 가져올 것을 바라는 바이다.

더 이상 삶과 죽음은 필연이 아닌 선택이다. 인간이 늙는 것은 스트레스 때문이다. 오늘 받은 스트레스를 오늘 완전히 풀자. 그러면 모두가 오늘만 살 수 있다. 영원히...

우리는 모든 시간에 존재하진 않는다 (다른 사람과 동일한 모든 시간에 존재하지도 않는다)

물리의 모든 양이 연속된 값을 가지지 않는다. 최소량이 존재하여 그보다 작은 크기로 증가할 수 없다. 시간과 공간에 대해서는 불연속성을 생각하기 어려운데 간단히 설명하면 일반 상대성이론에서 우변과 좌변의 식을 보자.

질량.에너지 = 8파이.시간.공간(텐서의 형태)
좌변은 모두 불연속량이다.(최소량이 존재한다는 말이다.-예를 들어 최소전하량같은) 따라서 우변의 시공의 결합이 연속일 수 없다. 시간 하나만 떼어서도 연속일 수 없다.

우리는 영화에서 1초에 60프레임이 지나가도 전혀 끊김을 느끼지는 못한다. 물론 우리의 시간은 그 프레임이 영화보다 대단히 작다는 결론을 왼쪽 식에서 알 수가 있는데 그렇다고 해도 연속과 불연속의 차이는 가시적으로 큰 결과를 얻을 수가 있다.

예를 들어서 극한이 그렇다. 불연속이면 간격이 생기는데 어떤 적당한 함수를 만들어 리미트 제로와 제로의 값을 비교하면 눈에 보이는 차이를 볼 수 있다. 물론 대부분은 어떤 근사값에 의해 같은 값을 얻게 되겠지만.

A, B 두 사람이 있다고 하자. 둘은 동일한 프레임만큼의 낱개의 최소시간을 가지고 있다고 가정하자. 그렇다면 이 둘은 모든 시간을 공유하는 것일까? 이 시간 간격을 눈에 보이게 크다라고 해보자. 그러면 모든 부분에서 존재하는 시간과 부재의 시간이 정확히 겹치게 될 것인가? 일단 눈으로 보는 행위에 대해 말한다면 절대 그럴 필요가 없다. 다른 경우에는 글

쎄이다. 따라서 두 사람은 충분히(어쩌면 당연히) 모든 프레임을 공유하지 않는다. 그리고, 한 사람에 있어서도 모든 신체가 같은 프레임을 공유할 필요는 없다.

시간이 존재하지 않는 부분의 부재하는 시간길이는 프랑크상수 10의 -34 제곱 이하의 간격이어야 할 것으로 예상할 수 있다. 위의 식의 좌변 때문이다. 그러나 존재하는 시간의 길이와 부재하는 시간의 길이는 예측가능하지 않다. 시간이 존재하지 않는 곳에서 우리의 아원자들은 존재할까? 물리에서 존재는 시간 없이 정의할 수는 없다.

그렇다면 우리는 어느 공간에 있었다가 없었다가 하는 것일까? 하지만 이것은 역시 아원자의 영역의 일이다. 우리 몸의 아원자들은 있었다가 없었다가 할 수 있다. 그것은 양자역학으로는 설명할 수 있다. 불확정성의 원리. 우리 몸은 빈 공간이 만분의 9999 이상 된다고 한다. 그런 우리가 이런 말들이 실감 날리가 없다.

상대성이론이 뉴튼 역학의 현상을 완전히 설명 해야하고 마찬가지로 양자역학은 상대성이론을 완전히 설명해야만 한다. 그러나 어느 부분에선 같은 해석을 할 수가 없다. 심지어 빅뱅 초기상태에서는 양자 쪽은 시간이 반드시 필요하진 않는다.

상대론은 시간의 전제 없이는 성립 하지 않는다. 따라서 양자쪽에서 상대론을 부분집합으로 가져가려면 유일하게 다른 견해를 보여주는 시간의 역할이 가장 중요하다. 연속하는 시간의 개념으로는 해결할 수 없다고 본다.

거시적 세계(상대론)와 미시적 세계(양자론)를 하나의 rule로 설명하지 못할 만큼 자연은 복잡하지 않다고 본다. 그렇다면 그 경계(boundary)

는 어떻게 설명할 것인가?

그리고, 거시적 세계와 미시적 세계는 단지 scale의 차이로 설명해야 한다고 본다. 적어도 하나 이상의 공통된 방정식을 만들어 낼 수 있어야 한다. 또 그 방정식에서 경계(boundary)는 무척이나 주요한 곳이 될 것이다.

우주는 지극히 단순한 몇 개의 기본 rule에 의해 움직이는 것은 모두가 당연하다고 본다. 아니라면 우주가 지적능력이 있다는 말이 되니까. 또한 그 기본 rule 사이에도 간단한 관계가 있어 전체적인 rule은 상쇄될 지도 모른다. 지금의 물리는 무척이나 복잡한 수식으로 되어 있는데 이것을 만족하는 해는 아주 간만한 3~4개의 해가 나올 것으로 생각된다. 복잡한 것을 간단히 만드는 것은 너무 힘든 일이다.

우리는 현대물리에서 마술같은 이론들을 공부하면서 한없이 앞으로 나아가고 조금만 있으면 그 끝을 보게 될거 같지만 '모든 것을 설명하는 이론'을 찾는 것은 아직 먼 후의 이야기가 될 것 같다. 우리는 고전물리에서도 3가지 난제를 남겨 두고 현대물리로 뛰어 들었다. 고전물리도 아직 끝난 학문이 아니라 풀어야만 할 숙제가 있다. 물론 우리는 지름길을 선택한 것이다.

상대론과 양자의 딜레마. 불연속 하는 시간의 개념으로 극복이 될 것이다.
'모든 것을 설명하는 이론' 양자와 상대론을 합치면 가능하다.

In My Dream

난 꿈에서 내가 걸친 모든 옷을 벗어 던졌다.
팬티까지 모두다.
사람들이 내 주위로 모여들어 부끄러움을 참으려고 이불 밑으로
숨어들었는데 이불 속에 같이 있던 사람들이 내가 알몸인걸 알았고
내가 무척이나 당황스러운 상황에 빠지게 되었다.
그때 어느 중1 소녀가 팬티를 입혀서 집으로 가자며 손을 내밀었다.

그 손을 잡고 집으로 돌아가면서 새로운 게임을 즐기는
여러 명의 사람들 사이를 지날 때 소녀는 사라져 버렸다.
집으로 가는 도중에 외사촌과 막내 동생을 만났는데
한 명은 외면했고 한 명은 아는 체를 했다.
그들은 예전에 내가 미쳤다고 말했던 이들이다.

이들에게서 난 자연스럽게 나를 방어할 수 있었다.
내게 나를 테스트하는 질문들을 던졌고 난 아무렇지 않게
상황을 받아넘겼다.

다시 끝까지 가면 누군가의 도움을 받으면서 그 상태를
끝까지 유지할 수 있는 방법이 있다는 것을 꿈에서 발견했다.
세상은 이 정상에서 나를 끌어내리려고 했었고 그들은 가장
가까운 곳에 있는 사람들이었다.
난 그들이 이일을 막아서는 실체가 아니라는 것을 이미
알고 있다.

나와 세상을 막고 있는 벽을 넘어서 알 수 있는 이 세상의

정체를 많이 겪어 보았다. 내가 미치면 세상은 더 미친 행동을
했다는 것을 난 확실히 알고 있었기 때문에...

그 곳에 다시 오르면 누구에게도 미치지 않았다는 태연한 행동을
하며 그 동안 정상에서 내가 얻으려고 했던 것들을 차가운 머리와
뜨거운 심장을 가지고 찾아낼 것이다.

절대로 쉬운 일이 되지는 않겠지만 내가 내 안에 깊이 있을 때
나를 너무 가까이 하지 말라고 하며 내가 끝까지 없는 것처럼
행동하지는 않을 것이라 말해주기.

주위에 반응 하지 않고 차분히 무시하면서 평상시와 같이 행동하기.

내가 세상에 온 이유를 알기 위해서.
이제는 진정 꿈에서 깨어날 시간이 되었기에.

Digital World

우리는 아날로그라는 것을 모든 것에 대해 자연스럽게 생각하고 있다. 공간·시간 등의 모든 것에 대하여.

공간과 시간을 형성하는 것은 에너지이다. 하지만 에너지는 아주 적지만 최소의 값을 가지고 있다.

아날로그의 개념에 의한 연속성의 개념. 만일 우리가 생각하는 우주가 시공에 대해 연속적이지 않다면 지금의 과학의 기술이 똑같이 적용되어 진다고 확신할 수 있을까?

아날로그와 디지털 개념을 시계라는 것으로 흔히 생각하고 있다. 전자시계와 아날로그시계로. 하지만 아날로그시계를 작동하게 하는 수단은 역시 디지털이다. 흐르는 물도 시간도 모두 그 간격이 작지만 디지털이다.

우리의 몸은 90.99퍼센트 이상의 빈 공간을 가지고 있다. 우주가 연속적인 공간으로 되어 있는 것이 아니라면 우리가 생각하는 물리의 모든 이론에 문제가 있는 것은 아닐까?

상대성이론은 시공간에 대하여 설명을 하지만 미세적인 영역에서 일어나는 사건들은 양자적인 설명으로 밖에는 해결이 되지 않는다.

내가 주장하는 연속이라는 것은 '수학적인 연속이라는 가상의 연속이지 우리의 우주는 빈공간과 존재하지 않는 비어있는 시간이 있다'라는 것이다.

우주의 기술하는데 단지 아날로그를 배제시키면 복잡해 보이지만 이진법의 우주를 측정하고 설계하는 것이 가능하다고 본다. 컴퓨터의 발전이 우주를 설명하는데 결정적이고 명확하게 하는 지름길이라고 나는 주장하는 바이다.

자연은 스스로 옳은 것이다. 컴퓨터는 이진법 코드를 사용한다. 하지만 자연은 없을 無가 더해진 삼진법 코드를 사용한다.

나는 상대성이론을 부정한다.

이상한 나라

연속된 것은 존재치 않는다.
모든 것은 혹은 모든 세상은 가능하다.

모든 이는 자신의 세계에서 다른 이 또는
자연과 반응하며 살아간다.

약물이나 마약으로 경험하는 세상도
자신에게는 실제 세상이다.

모든 것들은 다른 세상에 살고 있는 것이다.

하지만 정상에서는 반드시 바닥으로 떨어진다.
끝없이. 끝없이.

시간 차원론과 증명 불가능

다른 state(무한시간차원)에서 저장되어 있다. = zero space dimension

무한단계시간차원론 : 공간이 없는 시간 간격으로만 되어 있는 불연속된 차원

*부재의 차원과 존재의 차원

최소 step degree는 항상 일정하지 않지만 토탈 zero-sum을 만족시키기 위해 허시간의 도입이 반드시 필요하다.

부재의 차원과 존재의 차원의 간격은 항상 일정하지는 않다.

또한 허시간의 도입이 있어야 하고 시간 역전도 가능해야만 한다.

허시간의 도입의 필요성(total zero-sum rule)
(물론 아원자 영역에서 큰 효과를 볼 수 있다.)

그리고 물질·정신등가방정식에서 정신력은 다른 힘의 형태로 전환이 가능하다.

어디에도 끌리지 않는 단극자는 존재하지 않는다.

모두 부분적으로는 하자 없는 방식으로 세상을 설명하는 것은
항상 가능하다. 하지만 한 가지 방식으로 모두를 설명하는
것은 불가능하다. 모든 방식에는 예외가 있어야만 하기 때문이다.

수학에서도 어느 파트에서도 증명할 수 없는 공리가 적어도
하나 이상 있다는 것은 증명이 되어 있다. 이것을 괴델의 정리라 한다.

어둠 속의 아이들

-전략-

아이들이 무서워 마을에서 달아나려고 할 때 갑자기 나타난 어른들이 아이들을 막아섰다. 난폭해진 어른들은 아이들을 데려가 가두고 약을 먹여 바보로 만들었다.

그 이후에 아이들은 자신이 어른들이 말하는 대로 환상에 빠져있었다고 생각했다.

이후로 아이들은 어른이 하라는 대로 열심히 살려고 노력했지만 항상 자신들이 남들보다 못하다는 생각을 가지고 있다. 물론 한때는 그들보다 더 큰 능력이 있었다는 걸 아이들은 알고 있다. 왜일까?

그러나 아이들은 그 날의 환상이 너무나 현실보다 더 뇌리에 깊게 박혀있다. 어른들은 잠시 미쳤었다고 말하며 아이들을 부끄럽게 만들고 보통의 아이들처럼 살아가라고 말하고 또 말한다.

너무나 또렷한 일들. 미친 세상. 무서워진 어둠. 난폭했던 어른들. 아이들은 너무 혼란스럽다. 가끔 꿈에 나타나는 실마리들. 하지만 금세 잊혀지고 다시 암울한 현실로...

그러나 이제는 아이들은 확신하고 있다, 그 날 밤 모두가 미쳐 날뛸 때 자신을 막아선 것은 바로 자신이라는 것을.

그래서 아이들은 어느 순간에도 흥분하지 말고 남의 일에 관섭하지 말아야 한다고 다짐 또 다짐하지만 그게 말처럼 쉽지가 않다.

그러나 아이들은 이제 모든 것을 알고 있다. 앞으로 더 큰 날갯짓을 하며 비상하기를 바라고 또 바라고 있다. 세상이 아무리 비정상적으로 자신에게 다가오더라도 절대 분위기에 빠지지 않고 여유를 가지겠다고 다짐하며 다시 그 날을 기다리고 있다.

이제 그 날이 왔다.

우리의 힘으로 만들어 나가는 우리의 우주

관측자(측정)에 의해 변화(결정)되어 지는 양자적 미래.
그러나 미래는 이미 결정되어 있다.

양자적으로 결정되어지는 미래, 현재, 그리고 과거
우리의 우주는 우리가 만들어 간다.

의식해라. 그대의 멋진 삶을.

이 또한 일체유심조 : 의식해야 존재할 뿐 의식치 않으면
존재치 아니한다.

내가 아는 우리 우주의 유일한 변하지 않는 유일한 진리는
불가능은 존재치 아니한다는 것 뿐이다.
그리고 **'모든 것은 그때 그때마다 다르다'**는 것이다.

위대한 ZERO

+1과 -1
N극과 S극
positive charge와 negative charge
양성자와 전자

각각에 대한 0과 non pole neutrality charge 그리고 중성자

0은 중간 의미의 제로가 아닌 자체로 큰 의미를 가진다는 개념

사이에 존재하는 것이 아닌 기준이 되는 존재

0이 없으면 모두가 존재하지 않으며 의미가 사라진다.

* non pole : 무극

* Dirac은 Maxwell Equation의 대칭성을 설명하기 위해
mono pole의 존재 가능성을 예견했지만 나는 mono pole이
존재할 수 없음을 수학적으로 간단히 증명했다.
역시 차원딜레마에 빠진다는 것을 증명했다.

차원딜레마가 존재하는 이유는 공간차원이 없기 때문이다.

인간이라는 소우주

우리는 모두 자기마다의 서로 다른 세계에 산다.
각각이 우주는 서로 다르며 거리에 따라 중첩되는
현상이 나타나게 된다.

이 공간이 충분이 가까워지면 제법 큰 충돌을 피할 수
없는데 그 효과는 여러 가지 반응으로 쉽게
알 수가 있다. 기가 막히는 것 같은 것이 바로 그 예이다.

궁합이 맞는다는 표현은 자신의 우주가 상대방의
우주에 서로 좋은 효과를 나타내며 서로가 서로를
기분 좋게 할 수 있다.

가급적이면 자신과 안 맞는 우주를 가까이 하여
스트레스를 받을 필요는 없다,

하지만 **역경을 스스로 이겨낸다면 그대는 더 강해진다.**

내가 바뀌면

내가 바뀌면 세상이 바뀐다,
우리는 모두가 하나로 연결되어 있다.

따라서 내가 바뀌면 모두가 같이 바뀌는 것이다.

자신이 좋아하는 방면에서 최고가 되려고 노력해보자.
최고가 아니라도 그 과정을 즐겨보자.

세상을 바꾸려 하지 말고 자신을 바꾸려고 하자.
자신이 바뀌면 세상이 바뀌니까...

억지로 남의 위에 서서 혹은 남보다 앞서갈 필요는 없다.

정상에 오르는 방법과 주의사항

역사상 미국에 가장 위대한 대통령이 2명이 있었다. 링컨과 케네디다. 그들은 임기를 마치지 못하고 암살당했다. 기록을 보면 정상에 올라가서 이 세상의 모든 것이 자신의 것 같은 느낌을 가지고 원대한 꿈을 가지게 되었다고 한다. 그러나 그 다음날 둘 다 암살당했다.

여러 가지 음모론이 많지만 정상에 있을 때가 가장 위험한 시기다. 존 내쉬라는 수학자도 정상에 있을 때 정신병원에 강제입원 당하고 그가 겪었던 모든 세상은 가상공간으로 사라져 버렸다. 그러나 존 내쉬는 그 꿈같은 기억을 현실보다 더 강하게 기억하게 된다.

예전에도 앞으로도 누군가는 계속해서 정상에 올라갈 것이다. 정상에 올라가면 모든 세상이 자신의 것과 같은 느낌이 들겠지만 그 상태에서는 절대로 다른 느낌을 가지게 된다. 하지만 정상에서 절대로 다른 이들의 일에 관여하지는 말아야 하며 끝을 보려하지 말고 잠시 내려와야 한다.

다른 이의 자유를 억압하는 것은 용서받지 못할 일이기 때문이다. 이것을 가지고 우리의 우주는 신을 만들기를 거부한다는 표현으로 저는 설명한다. 나는 적어도 25번 이상 정상에 오른 자이고 앞으로도 계속 오를 것이다.

누군가 정상에 올라가면 따라 오르는 누군가가 존재하는데 다툼이 생기게 되고 그 과정에서 아마 교도소나 정신병원에 가거나 사망할 것이다. 정상에서는 자유를 천천히 만끽하고 다시 일상으로 내려와야 한다. 정상은 한 곳이다. 어느 방향으로 올라가더라도 결국 한 곳에서 만나게 된다.

정상에 오래 머물러서는 않된다. 정상에 오른다면 자유를 한껏 만끽하고 다시 중간으로 내려와서 일상을 즐겨야 한다. 다음에도 오를 수 있는데 욕심을 내서 끝까지 가려고 하면 끝없는 고통이나 무기력에 빠지게 된다.

둘은 위험하다. 셋은 안정적이다. 꿈과 현실은 구분할 수 없기에 꿈에서의 경험도 실제와 다르지 않다. 그대가 만든 정상이 아니라면 누군가에 의해 기억이 변질 될 수 있다. 소중했던 기억조차.

여러분들이 어떤 분야에서든지 최고가 되기를 바란다. 그리고 언젠가는 모두 한 곳에서 만나 함께 날아오르기를 바란다.

마법의 물리학 : 양자역학으로의 초대

양만을 의미로 두는 양자역학. 전체 system에 영향을 주는 것은 전체와 연결된 변화량 뿐이다.

그 외에 의미를 가지는 것은 아무 것도 없으며 양자로 설명하는 우주는 어떠한 불가능도 존재치 않는다.

태초의 시작이 절대무였다면 지금의 우주도 그 양의 합이 절대무여야만 한다. 존재하는 것들은 모두 반대의 양을 가지며 합하면 없어져야 한다는 것이다.

우주에 변화를 부여하면 system 전체의 변화가 당연하게 일어나게 되는데 그 변화의 의미를 완전히 이해할 수 있는 자는 우주의 변화에 영향을 가지지 않는 자이다. 하지만 영향을 받지 않는 이는 있을 수 없다.

우리는 우주를 관측하고 이해하려고 노력하지만
나무 안에서 숲을 본다는 것은 참으로 어려운 일이다.

물질·정신 등가방정식에 대해

물리학은 철학과 더불어 모든 것의 이치를 탐구하는 학문이다.
영감이라는 것.

불연듯 떠오르는 이상한 생각들.
항상 틀리지는 않았었다.

물질과 정신은 인간을 생각할 때 떨어뜨려 생각해서는 안된다는
이런 미친 생각이 바로 물질·정신 등가방정식.

물리학의 최종 목표를 모든 것들을 설명할 때 항상 Why이다.
그러나 인간이 모든 것을 알 수가 없었기에 지금까지는 How였었다.
하지만 앞으로 나는 Why로 자신 있게 말할 수 있다.

How와 Why의 차이.

만일 물질과 정신을 곱한 값이 상수로 결정된다면
당신은 무엇을 택할 것인가?
어떤 것을 우선하더라도 끝까지 가면 많은 것을 알 수도...
그러나 한쪽으로 달리면 큰 대가를 치뤄야 할지도...

신뢰 그보다 더 중요한 것도 세상에 몇 없다.
내가 조금 더 양보하여 사람들의 마음을 얻어 나가자.
늘 그래왔던 것처럼...
Trust...

세상의 주인공은 나 자신이다

내가 없는 세상은 생각할 수도 없고 어떠한 의미도 가지지 못한다.
우리는 인생이라는 영화를 찍고 있는 중이다.
몇 가지 예를 들어 설명해보기로 하자.

노숙자의 삶.
어쩌면 가장 리얼리티가 있는 삶이다.
그것이 고통과 슬픔의 연속이고 내일이 없다 하더라도.

재벌이나 대통령의 삶.
과연 그들은 행복하게 살아왔으며 행복한 엔딩으로 영화를 마칠 수 있을까?

대학을 가기 위해 많은 노력을 하는 학생들의 삶.
아직은 진행 중이지만 그 많은 노력의 대가를 얻을 수 있을까?

나는 매일 다른 영화를 찍고 있는 중이다.
결과가 좋을 수도 안 좋을 수도...
내가 만족할 수도 만족할 수 없을 수도 있지만...

그래도 나는 행복하다.
행복했던 날들을 기억하고 있기 때문이다.

여러분은 삶은 어떠한가?
어떤 영화를 찍고 있는가?
또한 여러분은 행복했던 날들을 기억하고 있는가?

모든 건 나로써 시작한다.

하지만 세상에서 가장 믿기 어려운 것은 자기 자신이라는 것을 인지하여야만 한다.

일체유심조 : 의식해야 존재할 뿐 의식하지 않으면 존재치 아니한다.

시간의 방향성

우리는 시간의 흐름을 어떻게 인지하는가?
단지 주변의 사물의 화학적 변화와 나이를
먹는 자신을 보고 시간을 인지하게 될 뿐이다.

예를 들어 우리는 빈 유리상자 안에 기체 입자들을
모아두고 퍼져 나가는 현상을 보고 모아져 있던
기체는 과거라고 하고 퍼진 입자를 현재 또는 미래
라고 얘기하곤 한다.

이것이 열역학 제2 법칙이라고 흔히 얘기들을 하는
엔트로피 증가의 법칙의 대표적인 예시이다.

하지만 외부의 압력이나 온도를 적당히 조절하면
반대의 상황이 벌어질 수 있다.

따라서 열역학 제2 법칙은 오류를 가진다.
시간이 거꾸로 가는 우주도 가능하다는 말이다.
인간은 소우주라고 말했다. 인간의 시간도
거꾸로 갈 수 있다.

T. S. 엘리엇의 '네 사중주' - 이상한 나라의 앨리스 중에서

현재의 시간과 과거의 시간은
모두 미래의 시간에 존재하고
미래의 시간은 과거의 시간에 포함된다.

모든 시간이 현존한다면
모든 시간을 되찾을 수 없는 것이다.

있을 수 있었던 일은 하나의 추상으로
다만 사색의 세계에서만
영원한 가능성으로 남는 것이다.

있을 수 있었던 일과 있은 일은
한 점을 향하고 그 점은 항상 현존한다.

발자국 소리는 기억 속에서 반향하여
우리가 걸어보지 않은 문을 향하여
장미원 속으로 사라진다.

(지은이 : 루이스 캐럴 - 위대한 수학자 중 한 명)

있을 수 있었던 일과 있은 일은 한 점을 향하기에 우리가 어떠한 선택을 하여도 항상 어느 선에선 같은 결과에 당면하게 된다. 운명은 이미 결정되어 있다는 것이다.

운명이 이미 정해져 있기에 우리는 영원한 삶을 약속 받을 수 있다. 삶과 죽음은 더 이상 필연이 아닌 선택인 것이다.

증산도에서 말하는 개벽이라는 것.
시간이 모두에게 똑같이 앞으로만 가는 것이 아니라 역행하여 젊어 질 수도 있다는 것. 그들이 말하는 평균 연령은 27.3세...

증산도에서 말하는 개벽은 이미 이루어졌다.

우리를 막을 건 아무 것도 없어

네 눈을 들여다보면 낙원이 보여.
내가 찾은 이 세상이 너무 좋아서 너무 좋아서 사실이 아닌 것 같아.

여기 네 옆에 서있으니 네게 줄게 아주 많으면 좋겠어.
너를 느끼는 내 맘 속의 이 사랑이.

우리보고 미쳤다 그러라 그래. 신경 안 써.
내 손을 잡고 뒤돌아보지 마.

우리가 영원히 굳건히 해서 이 꿈을 만들 수 있어. 이 꿈을 만들 수 있어.
이제 우릴 막을 건 아무 것도, 이제 아무 것도 없으니까.
이 세상에 사랑이 없다해도 우린 여전히 서로를 가질거야.
아무 것도, 이제 아무 것도 우릴 막을 순 없어.

좋은 시절을 보내고, 나쁜 시절을 통과하면서
무슨 일이든 할거야.

우리더러 미쳤다 그러라 그래. 걔네들이 뭘 알겠어.
날 감싸고 절대 놓치마.

우리가 주변 세상과 떨어지게 둬.
우리가 서로 솔직하다면 이뤄질 거야.

우린 영원히 굳건히 서서 이 꿈을 함께 만들 수 있어.
이제 우릴 막을 건 아무 것도 없으니까.

이 세상에 사랑이 없다 해도, 우린 여전히 서로를 가질 거야.
아무 것도, 이제 아무 것도 우릴 막을 순 없어.

네게 필요한 너뿐, 너만 있으면 돼.
너와 영원토록 안고 있고만 싶어. 영원히 그 이상...

정상과 비정상에 관하여

세상의 사람들이 말하는 정상적인 모든 일들...
정상이라고 믿는 모든 사람들에게 묻는다.

그대들은 매일 매순간 똑같은 감정과 같은 생각들을 하는가?
가끔 이상한 생각을 해본적은 없는가?

나는 우리는 그것이 심하게 바뀌어서 강하게 느낄 뿐이다.
세상은 누구에게도 일정한 모습은 보이지 않는다.

모든 시간과 모든 장소에서 변하지 않는 것은 아무것도 없다.

어려서 느껴왔었던 아름다운 세상들.
지금은 전혀 아름답지 않았었다.

하지만 지금은 욕심을 버리고 나니 아름답다.
모든 이에게 동일한 궁극의 진리가 존재한다.

내가 자신 있게 말할 수 있는 것은 자신이 큰 변화를
겪었을수록 진리에 가까이 다가갈 수 있다는 것이다.

누구의 생각도 누구의 행동도 다 그만한 이유가 있을 것이다.
그런 것들을 굳이 다른 이에게 자세하게 설명할 필요는 없다.

우리들은 모두 외롭다.
그래서 나를 위로해줄 친구가 필요하다.

하지만 모든 친구들을 버리고 홀로 설 때
비로서 나 자신을 조금씩 찾아갈 것이다.

세상에 나를 맡기지 말고 마지막 순간까지 긴 인생의
여정을 시작하자.

세상이 그대에게 금지했던 모든 일들.
법의 테두리.

테두리가 무서워서 멀리 떨어져서 살아갈수록
자신을 조그마한 울타리에 가두게 된다.

사선을 즐겨라. 금지된 것들에 가까이 가되 선을 넘지는 마라.
만일 선을 넘는 순간이 온다면 다른 이들의 삶에 개입하지 마라.

내가 세상의 주인공이라고 느껴도 남보다 우월하다고 뽐내지 마라.
만일 그렇다면 큰 대가를 치루어야 할지 모르고 그로 인해
자신의 자유를 완전히 억압 받을지도 모르니까.

누구를 존경하거나 누구를 완전히 따르지 마라.
누군가 당신의 일에 깊이 관여한다면
'난 당신의 일에 관여하지 않습니다.'라고 말하면 된다.

마지막으로 내가 주장하는 존재의 이유를 말한다면
난 이렇게 말한다.

남과 다르기에 나는 존재한다고...

상상해 보자

천국이 없는 곳을 상상해 보자
시도해본다면 정말 쉬운 일이라는 걸 알 수 있지.

우리에겐 지옥이 없고, 우리 위엔 오직 하늘만이 존재하지.

모든 사람이 오늘을 위해 살아가는 모습을 상상해봐.
국가가 존재하지 않는 것을 상상해보아요. 그건 어려운 일이 아니지.
살인도 죽음도 없고 종교도 없는 곳을.
모든 사람들이 평화 속에서 살아가는 것을 상상해봐.

당신은 내게 몽상가라 말하겠죠. 하지만 나만 그런 아니야.
언젠가 당신도 우리와 함께 하길 바라고 있어.
그리고 세계는 하나가 되겠지.

소유물이 없는 곳을 상상해 봐. 당신도 할 수 있어.
탐욕도 굶주림도 없겠죠. 오직 인류의 사랑만이 남아있을 거야.

모든 사람들이 양보하며 살아가는 것을 상상해 봐.
당신은 내게 몽상가라 말하겠죠. 하지만 나만이 그런 것은 아니지.

언젠간 당신도 우리와 함께 하길 바라고 있어.
그리고 세계는 하나가 되겠지.

중양자 가설

광범위한 양자역학의 불확정성의 원리에 의해
핵 내에서(수소원자 제외) 양성자와 중성자는
구별되지 않으며 각각은 charge를 나누어 가져
분수의 charge를 가지게 된다.

중성자와 양성자는 동일한 입자이다. 양성자는
마이너스 질량을 가진 소립자와 결합이 된 입자이다.

충돌에 의해 분리될 때에는 charge의 이동이
일어나고 또 다시 다른 분수 charge를 가진다.

근거는 강한상호작용력은 항상 중성자의 매개가
필요하다는 것이다.

Make Your Eyes Beautiful
(그대의 맑은 두 눈에 모든 우주를 담아라)

우리는 일종의 소우주이다. 카메라를 요새 자주 사용하는데 동일한 카메라라도 인물화를 찍을 때 찍는 사람에 따라서 다르게 나오는 것을 느낀다. 이것이 제 눈의 안경이라는 말일까?

화질이 좋은 휴대폰을 사서 사진을 많이 찍고 있다. 난 아직도 물리 공부를 하고 있다. 물리에서 간과하고 있는 점은 정신력이다. 난 이것을 **자연계의 4대 힘과 더불어 제5의 힘**이라고 생각한다. 정신력이 자연을 관찰하고 설명하는데 어떠한 효과를 만들어 내는지는 잘 모르지만 무시 불가능한 큰 변수라는 생각이다.

꿈을 포기하지 마

거울을 바라볼 때마다 얼굴의 주름은 더 뚜렷해진다.
과거는 마치 새벽에서 마치 새벽에서 황혼으로 가버렸다.
사는 게 그런 게 아니던가?
모든 사람들은 일생에서 마땅히 지불해야하는 대가가 있다.

어디서 와서 어디로 가는지 아무도 모른다.
그건 모든 이의 마땅히 지불해야 하는 대가가 있다.
이기려면 지는 법부터 배워야 한다.

내 생애 반을 책으로 쓰려면 한 권은 족히 될 것이다.
현자에게 뿐 아니라 바보들에게도 배우며 살았다.
당신에게도 이 모든 일들이 돌아오고 있다.

나와 함께 세월과 웃음과 눈물을 위해 노래하자.
어쩌면 내일 하나님이 당신을 데려갈지도 모른다.
어쩌면 내일 당신은 내일 생을 마감할지도 모르지만

꿈을 포기하지 마.
이상이 실현 될 때까지 꿈을 가지려고 해보자.
당신의 꿈이 이루어 질 때까지 꿈을 포기하지 마.

꿈을 포기하지 마.
이상이 실현될 때까지.
계속 꿈을 가지도록 해.
당신의 꿈이 이루어 질 때까지.
꿈을 포기하지 마.

우울함의 극복은 내 안에 있다

어떻게 그러냐고?
TV에선 항상 태양이 빛나잖아.
날 안아, 당신의 심장 가까이
그리고 당신의 모든 사랑을 내게 줘. 내게

내 자신의 내면에 이르러보니 내 근심에 대한 압박을 편하게 해줄 것은 아무 것도 없었다.
내 모든 힘을 낭비했다.
요즘 거울을 통해 보이는 외롭고 미쳐 보이는 몰골이 두렵다.

어떻게 그러냐고?
TV에선 항상 태양이 빛나잖아.
날 안아, 당신의 심장 가까이
그리고 당신의 모든 사랑을 내게 줘. 내게

시간을 우울하게 떠다니는 식의 부끄러운 저지대를 방어하라고 요구하지 마. 오늘 내면을 들여다보니 내 고민거리를 멀리 있게 해 줄 방법이 있다는 생각이 든다.

그것의 끝을 꿈꾸어선 안 돼

자유는 안에 있고 밖에도 있어.
종이컵 속의 홍수를 잡으려 시도해봐.
앞으로 전투가 있을 거고 많은 전투가 끝났어.

그러나 당신은 나와 동행하는 동안 절대로 길의 끝을
보지는 못할 거야. 지금 그것의 끝을 꿈꾸어선 안 돼.

그 세상이 왔을 때 우리 사이를 막기 위해 그들이 와.
우리는 그들이 이기지 못 할걸 알아.

지금 난 차를 몰고 있고 그 차는 지붕엔 구멍이 있어.
나의 소유물들은 내게 의심을 야기 시키지만 확실한 근거가 없어.

신문엔 오늘의 전쟁과 폐허의 이야기들이 있지만 당신은 TV
페이지로 바로 넘기지.

이제 난 드럼의 박자를 향해 다시 걷고 있고
당신의 마음의 문으로 가는 발걸음을 세는 중이야.

그림자들만 남았는데, 지붕을 가까스로 청소 했어.
해방과 느낌을 알기 위해서 잡아봐.
그들이 이기도록 내버리진 두진 말자.

그것의 끝을 꿈꾸어선 안 돼.
그 세상이 왔을 때 우리 사이를 가로막기 위해 그들이 와.
그들이 절대 이겨서는 안 돼.

그것을 그대로 받아 들여라

어느 날에 창을 올려라. 그것을 그대로 받아 들여라.
배우가 새 연극을 기다리는 것처럼, 그것을 그대로 받아 들여라.
내게 춤추라고 하면 난 당신을 위해 춤출 것이다.
내게 노래하라고 하면 내가 그렇게 하는 것을 볼 것이다.
당신이 슬픔을 느끼면 나는 당신을 웃길 것이다.

나는 재주 있는 사람 난 여전히 잘 견디고 있는 중이다.
당신이 실연에 고통 받고 있다면 그것을 그대로 받아 들여라.
당신 연인이 당신의 세계를 모두 찢어 버린다면 그것을 그대로 받아 들여라.
난 왕 역할을 했었고 추락하고 튀어나와 바보 역을 했었다.
누구는 뜨거운 것을 좋아한다. 누구는 찬 것을 좋아한다.

그들이 원하는 대로 하되 그들의 도구가 되진 마라.
끈기 있게 견뎌라. 끈기 있게 견뎌라. 끈기 있게 견뎌라.
만일 그들이 너무 멀리가면 그로 인해 누군가 다치더라도
그것을 그대로 받아 들여라.
우리는 모두 가장 얇은 빙판 위에서 스케이팅하고 있는데
그것을 그대로 받아들이는 것을 얻었다.

매우 좋아 보이지는 않는 세상에서 그것을 그대로 받아들이는 것을 얻었다.
어느 날 현재 커튼 질 수 있다. 모든 연극은 끝나고, 커튼을 다시 올리라는
요청이 없다. 만일 당신이 슬프거나 혹은 의기양양하게 걸으면 우리는
많은 양의 것을 운반하기 위한 바람으로 쓰여 질 것이다.

끈기 있게 견뎌라. 끈기 있게 견뎌라. 끈기 있게 견뎌라.

만일 그들이 너무 멀리 가면 그 일을 통해 당신의 정신이 마비될 수 있는데 그것을 그대로 받아 들여라.

우리는 지각을 신뢰할 수 없다

우주에는 구멍이 있다.
그것은 벽에 난 쥐구멍처럼 분명하게 어떤 곳으로 통하는 구멍이 아니다. 어쩌면 그것은 형태도 없고 경계도 없는 마음 속의 빈 자리다. 가슴으로 느껴지는 부재이고, 먼가가 빠진듯한 틈이며, 우주를 보는 우리의 시각에 크고 뚜렷하게 나타나는 맹점이다.

무를 이해하기란 쉬운 일이 아니다. 모든 것은 없음, 즉 무라는 바탕 위에 존재한다. 그러므로 우리는 없다는 것 자체를 이해해야 한다.

무없는 우주는 무대 없는 극장이다. 무는 모든 이야기가 쓰이는 빈 노트이다. 우리는 지각을 신뢰할 수 없다.

빛이 뜨거운 아스팔트 위를 스치면서 아련한 신기루를 만들 듯, 우리의 지각이 투명한 렌즈가 되어 모든 것을 왜곡하기 때문이다.

더 좋은 것들

시간이 있는 동안 밖으로 나가 모든 것을 느껴보자. 만일 네가 나를 잡으면 난 나의 꿈 안으로 너를 허락할 것이다. 그 시간 동안 강은 어느 곳으로도 요동치지 않는다. 우린 우리가 할 수 있는 동안 살아야 하고 우린 우리의 웃음의 컵을 마실 것이다.

더 좋은 것들은 나의 영혼이 너에게 빠지게 되는 방법을 통하여 빛남을 유지한다. 더 좋은 것들은 내안의 나를 느끼는 것이다. 그 찬란한 것은 인생이 있을 수 있게 춤춘다. 난 슬펐었고 쓰라린 거리를 홀로 걸어 왔었다.

그리고 아침이 되어 나를 집으로 날리는 좋은 바람이 있다. 그래서 시간은 어디로도 요동치지 않는 강이다. 나는 내가 살 수 있는 동안 살 것이다. 나는 나의 영원함을 가질 것이다.

우리는 너무 빨리 가는데 왜 우린 그것의 끝을 못 볼까? 제발 내가 서있는 이곳에서 나에게 손을 맡겨 줘. 우리의 인생은 당신과 나의 안에서 빛나고 있다. 이리 나와서 나와 춤을 출 수는 없는 거니? 보러와, 나와 함께, 보러와. 그리고 모든 연인들은 그들이 최고의 밤을 얻을 때까지 시도하고 아침이 온다. 그들은 빛 안에서 위로 엉켜진다.

그래서 시간은 어디로도 요동치지 않는 강이 된다. 그들은 그들이 할 수 있는 동안 사랑하고 그들은 그날 밤에 대해 매우 달콤했다고 생각한다. 더 좋은 것들은 나의 영혼이 너에게 빠지게 되는 방법을 통하여 빛남을 유지한다. 더 좋은 것들은 내안의 나를 느끼는 것이다. 그 찬란한 것은 인생이 있을 수 있게 춤춘다.

모든 것을 던져 버리기

내가 너를 사랑한다고 말 하는 게 필요한가? 내가 너를 걱정한다고 말하는 게 필요한가?
내가 우리가 나누지 못한 감정의 어떤 것을 말하는 게 필요한가?
나는 너를 속이기 위해 여기 앉은 채로 있게 되는 것을 원하지 않는다.
우리는 같이 살 수 없다. 우리는 떨어져서 살 수도 없다.

그것이 내가 출발로부터 알아왔던 상황이다.
내가 너를 주시할 때마다 나는 미래를 볼 수 있다.
이유는 너도 알고 나도 안다 그대여.
그것은 내가 떠나려 하는 걸을 원치 않는다.
모든 것을 멀리 던져 버리기. 모든 것을 멀리 던져 버리기.
네가 너의 마음을 변화시키도록 내가 말할 수 있는 것은 어디에도 없단 말인가?
나는 세계가 돌고 도는 것을 응시하고 내 것이 거꾸로 아래로 도는 것을 본다.

너는 그것을 모두 멀리 던지고 있다.
이제 누가 어둠을 밝힐 것인가? 누가 너의 손을 잡아 줄 것인가?
누가 너에게 답을 찾아 줄 것인가? 네가 이해하지 못할 때
왜 나는 너를 반드시 확신 시켜야 하는 단 한명이 되어야만 하는가?

이유는 너도 알고 나도 안다 그대여. 그것은 내가 떠나려 하는 것을 원치 않는다.
이유는 너도 알고 나도 안다 그대여. 그것은 내가 떠나는 것을 원치 않는다.
어느 날 너는 후회하게 될 것이다. 어느 날 네가 자유로울 때

기억들은 너를 떠올릴 것이다. 그것은 네가 나의 이름을 부르는
저녁에 우리의 사랑은 너무 늦었다는 의미가 되고 말 것이다.

네가 듣게 될 한 가지 소리는 네 목소리부름의 소리이다.
나를 뒤에서 부르기...
단지 모든 것을 던져 버리기. 모든 것을 던져 버리기.
내가 말하는 것은 없다. 우리는 모든 것을 멀리 던져 버리고 있다.
그래 우리는 모든 것을 던져 버리고 있다.

허둥지둥

내가 진상을 알게 되면 나는 미끄럼틀의 꼭대기로 돌아간다.
내가 멈춰서서서 돌아서서는 차를 타러 간다.
내가 밑바닥까지 갈 때까지 다시 보겠어.

그래, 그래, 이봐. 당신은 내가 싫은가? 신을 사랑하다
빨리 내려갈 거야. 하지만 난 당신보다 훨씬 위야.

나에게 말해줘 말해봐. 어서 대답해 줘.
당신은 연인일지도 몰라. 하지만 넌 댄서가 아니야.
이제 허둥지둥.

날 원하지 않을 거야? 당신을 만들다 빨리 내려갈 거야.
하지만 내가 널 깨뜨리지 못하게 해.

나에게 말해줘 대답을 말해줘. 당신은 연인일지도 모르지.
하지만 넌 댄서가 아니야. 허둥지둥 조심해.

조심해. 그녀가 여기 오니까. 내가 진상을 알게 되면
나는 미끄럼틀의 꼭대기로 돌아간다
.
그리고 멈춰서서 돌아서서 나는 차를 타러 간다.
그리고 저는 밑바닥까지 다가간다.
그리고 다시 만나게 될 거야.

그래, 그래. 글쎄, 당신은 내가 싫은가?

당신을 만들다 빨리 내려갈 거야.
하지만 내가 널 깨뜨리지 못하게 해

.

나에게 말해줘 대답을 말해줘.
당신은 연인일지도 모르지.
하지만 넌 댄서가 아니야.

허둥지둥 조심해. 너는 빨리 내려오고 있어.
그래. 그녀는 그래.
그래. 그녀는 빨리 내려오고 있어.
머리가 빙빙 돌고 있어.
하하 알기트. 손가락에 물집이 생겼다.

용서받지 못할 자들

새로운 생명이 이 지구와 결합하고 끈임 없이 고통스런 치욕을 통해
빠르게 그는 진압 당한다. 그 어린 소년은 그들의 방식을 배운다.

시간은 그 소년을 안으로 끌어당긴다. 이것은 잘못한 일로 매 맞는
소년에게 모든 그의 생각을 허용치 않았다.

그 젊은이는 계속해서 자기 자신을 향한 맹세를 알아오면서 몸부림친다.
그것은 이날로 부터는 절대 아니다. 그들이 없애게 될 그의 의지.
내가 느껴왔던 것. 내가 알아 왔던 것. 내가 보아왔던 것을 통해서는 결
코 빛나지 않았다. 결코 존재하지 않는다. 결코 보이지 않는다.

있어 왔었을지 모르는 것을 볼 수 없을 것이다. 내가 느껴 왔던 것. 내가
알아왔던 것. 내가 보아왔던 것을 통해서는 결코 빛나지 않았다. 결코 자
유롭지 않다. 결코 내가 아니다. 그래서 나는 너를 용서 받을 수 없는 이라
칭한다.

그들은 모든 그의 원활함이 올 때까지 그들의 인생을 바친다.
그는 그들 모두가 기쁘게 되기 위해 노력한다. 이 비통한 사나이는 처음
부터 끝까지 똑같은 삶이다.

그는 끊임없이 그가 이길 수 없는 싸움을 계속해 왔다. 그들이 지켜보는
지친 사나이는 더 이상 관심 받지 못한다. 늙은 남자는 그 다음에 애석하
게도 죽을 준비를 한다. 저 늙은 남자는 여기 있는 나다. 내가 느껴왔던
것. 내가 알아왔던 것. 내가 보아왔던 것을 통해서는 결코 빛나지 않았다.
결코 존재하지 않는다.

결코 보이지 않는다. 있어 왔었을지 모르는 것을 볼 수 없을 것이다.
내가 느껴왔던 것. 내가 알아 왔던 것.

내가 보아왔던 것을 통해서는 결코 빛나지 않았다. 결코 자유롭지 않다.
결코 내가 아니다. 그래서 나는 용서 받지 못할 자들이라 칭한다.

고귀한 사랑

마음속에 감추어져 있거나 별들 위에 숨겨진 고귀한 사랑이
있어야 한다는 것에 대해 생각해 보자.
그것이 없으면 인생은 낭비된 시간이다.

당신 마음 안쪽을 보세요. 나는 안쪽의 내 것을 볼 거야.
그것들은 세상 어디에서나 안 좋아 보이는데 무엇이 공정한가?
우리는 눈먼 상태로 걸으면서 보려고 노력한다.
가능한 것을 뒤로 떨어 뜨려 줘.

내가 갈망하고 지키려는 고귀한 사랑은 어디 있나?
세상은 돌고 있고 우리는 공포에 맞서고 거기서 혼자 저항하면서
단지 매달려 있어. 그리워함과 나에게서 그것의 실체.
나에 대해 느끼고 있는 누군가는 반드시 있어야 해.

그것들은 세상 어디에서나 안 좋아 보이는데 무엇이 공정한가?
우리는 눈먼 상태로 걸으면서 보려고 노력해.
가능한 것을 뒤로 떨어 뜨려 줘.
나에게 고귀한 사랑을 줘.

난 고귀한 사랑을 위로 더 올릴 수 있어.
나는 그것을 기다릴 거예요. 나는 그것에 대해 너무 늦지 않아.
그때까지 나는 내 노래를 혼자 있는 외로움을 함께 달래기 위해
부를 거예요. 그것을 줘.

나는 어두운 밤을 내 정신의 불로 밝힐 수 있어.

나는 순수한 욕망으로부터 햇볕을 만들 수 있어.
사랑이 나를 극복하는 것을 느끼게 해줘.

그것이 얼마나 강할 수 있는지 느끼게 해줘.
나에게 고귀한 사랑을 줘. 내가 갈망하고 지키려는 고귀한 사랑은 어디에 있나?

나는 어제를 확신한다

어제는 내 모든 근심걱정은 저 멀리 사라진 듯 했다.
이젠 그들은 여기 머무는 것처럼 보인다.
나는 어제를 확신한다. 갑자기 나는 내가 그래왔던 반도 안 되는 사람이다.
나를 뒤덮고 있는 그늘이 있다.

어제는 갑자기 왔다. 그녀는 왜 떠나야만 했는지 난 모르겠고 그녀는 말하려 하지 않았다. 나는 어떤 잘못을 말했고 지금 나는 어제를 갈망한다.
어제 사랑은 마치 쉬운 게임을 하는 것 같았다. 지금은 저 멀리
숨을 곳이 필요하다.

나는 어제를 확신한다. 그녀는 왜 떠나야만 했는지 난 모르겠고 그녀는 말하려 하지 않았다. 나는 어떤 잘못을 말했고 지금 나는 어제를 갈망 한다. 어제 사랑은 마치 쉬운 게임을 하는 것 같았다. 지금은 저 멀리 숨을 곳이 필요하다.

나는 어제를 확신한다.

이방인

우리 모두 오랫동안 우리가 다른 사람들에게 감추어오는 얼굴 하나쯤은 갖고 있어. 그리고 우린 모두 사람들이 가고 없을 때 그 얼굴을 밖으로 꺼내 우리 자신을 드러내지. 어떤 얼굴은 공단 같고 어떤 것은 강철 같지. 어떤 것은 실크 같으며 어떤 것은 가죽 같지. 그 감춰진 얼굴들은 낯선 자의 얼굴들이지만 우리는 그 얼굴을 써 보는 것을 좋아하지.

우리 모두 사랑에 빠지지. 하지만 우린 그 위험성에 대해선 고려하지도 않지. 당신들이 그 낯선 자를 절대 본적이 없었다는 것에 왜 그렇게 놀라지? 당신은 당신이 감추고 있는 그 낯선 자를 당신의 연인에게 보여준 적이 있나?

다시 시도하는 걸 두려워 하지만, 종종 모든 사람이 도망치곤 해.
너도 그랬는데, 왜 다른 사람은 못 그러겠어. 이젠 너도 알아야 해.
너 자신도 그런 적이 있었다는 걸.

한때 난 정말 대단한 연애꾼이라고 믿었었지.
그리고 난 내가 알지도 못한 한 여자가 그걸 알게 되었고,
내가 이런 이유로 그녀에게 사귀자고 졸랐을 때 그녀는 대답하는 것조차 거부했었지.
바로 그 때 난 그 낯선 자가 내 눈과 눈 사이를 정통으로 걷어찼다고 느꼈어.

넌 절대 이해 못할 수도 있어. 어떻게 그 낯선 자가 자극 받는지.
하지만 그가 항상 틀린 것도 아니야. 네가 좋은 의도를 갖고 있을지라도
그 불을 절대 끄지 못 할거야. 그 낯선 자와 힘께 할 때면
넌 너의 욕망에 굴복하게 되지.

정직에 대해

당신이 부드러움을 찾으려 한다면 그것은 쉽지 않을 거야.
당신은 살아가기 위해 당신이 필요한 사랑을 찾을 수 있어.
그러나 당신이 진실함을 위해 찾는다면 당신은 눈이 멀게
되는 것처럼 될 거야.

그것은 항상 너무 힘들게 얻을 수 있는 것처럼 보이지.
정직은 그런 외로운 말이야. 모든 이는 너무 거짓스러워.

정직은 거의 들리지 않고 대부분 내가 당신에게서 필요로 것이야.
나는 항상 그들이 날 동정하는 말을 하는 누군가를 항상 발견 할 수 있어.
만일 내 심장을 꺼내 나의 소매에 입는다고 해도 나에게 예쁜 거짓말을
하기 위한 누군가의 예쁜 얼굴을 원하지는 않아.

내가 원하는 모든 것은 누군가를 믿는 것이야. 정직은 그런 외로운 말이지.
모든 이는 너무 거짓스러워.
정직은 거의 들리지 않고 대부분 내가 당신에게서 필요로 하는 것이야.

나는 연인을 찾을 수 있어. 나는 친구를 찾을 수 있어.
나는 비통한 결말까지 비밀을 지킬 수 있어.
누군가는 또 다른 약속들로 나를 다시 편하게 할 수 있어. 난 알아.

내가 나의 내부에 깊이 있을 때 너무 관계되어 있지마.
내가 사라질 때까지 난 없는 것처럼 하진 않을 거야.
그러나 정직을 원할 때 내가 달리 방향을 바꿀 수 있을 곳을 말해 줘.

그 이유는 당신은 내가 의지하는 단 한 사람이기 때문이야. 정직은 그런 외로운 말이야.

부러진 날개

그대여 나는 왜 우리가 서로 서로의 손을 그냥 잡을 수
없는지 모르겠어. 지금이 마지막이 될 거야.

난 그것을 아주 확실하게 만들지 못할까봐 걱정이야.
나는 그래서 네가 필요해. 이 부러진 날개를
가져가서 다시 나는 법을 배워. 그리고 자유롭게 사는 법을 배워.

그리고 우리가 노래하는 목소리를 들으면 사랑의 책은 열리고
우리가 안에 들어가게 할 거야.
그대여 난 오늘 우리가 취할 수 있는 나쁜 것과
그것을 옳게 만들 수 있는 것을 생각해.

나는 네가 너무 필요해. 그대여 그것은 내가 아는 모두야.
너의 눈부심과 피의 반은 나를 완전히 만들지.
나는 그래서 네가 필요해.

혼란의 땅 (창세기)

난 백만 번의 비명에 의해 괴롭힘을 당하는 천 번의 꿈을 꾸었음에 틀림 없다. 그러나 난 걸어가는 발소리를 들을 수 있다. 그들은 거리 안으로 움직이고 있다.
이제 당신은 오늘의 신문을 읽었는가?

그들은 위험이 멀어졌다고 말하지만
나는 불이 아직 타고 있는 것을 볼 수 있다. 밤 속으로 타고 있는 것을...
너무 많은 사람들, 너무 많은 민족들, 너무 많은 문제들이 만들어 지고 있다.
그리고 많지 않은 사랑이 이루어지고 있다. 당신은 볼 수 없다.

이곳은 혼란의 땅이다.
이곳은 우리가 사는 세계이고 우리에게 주어진 손들이 있다.
그들의 도움으로 살아 갈만한 가치를 지니는 장소로 만드는 시도를 시작하자.
슈퍼맨 당신은 지금 어디에 있는가? 어떤 식으로 모든 것이 나쁘게 되면
강철의 사나이, 파워의 사나이는 시간에 의해 조절능력을 잃어 간다.

그래서 이제 이곳에서 우리는 미래를 갈망한다. 그러나 여기는 많지 않은 사랑이 있다. 나에게 이곳이 혼란의 땅인지 말해 달라.
이곳은 우리가 사는 세계이고 우리에게 주어진 손들이 있다.

그들의 도움으로 살아 갈만한 가치를 지니는 장소로 만드는 시도를 시작하자.
나는 오래전을 기억한다. 태양이 빛을 비추고 있고 그래 그리고 별들은 밤새 내내 빛나고 있고 내가 당신을 꽉 안음으로 너의 웃음의 소리를.

아주 오래 전에...

나는 오늘밤 집을 향해 가고 있을 것 같지 않고 내 세대들은 그것이 옳다고 할 것이다. 우리는 단지 우리가 결코 지키지 않을 약속을 하는 것이 아니다. 너무 많은 사람들, 너무 많은 민족들, 너무 많은 문제들이 만들어지고 있다. 그리고 많지 않은 사랑이 이루어지고 있다. 당신은 볼 수 없다.

이곳은 혼란의 땅이다.
이제 이곳은 우리가 사는 세계이고 우리에게 주어진 손들이 있다.
그들의 도움으로 싸움을 할 만한 가치를 지니는 장소로 만드는 시도를 시작하자.
이곳은 우리가 사는 세계이고 우리에게 주어진 이름들이 있다.
일어서라 그리고 우리의 삶이 나아갈 장소를 보여주는 시작을 하자.

자유를 느끼며 여정을 시작한다

내 머릿속으로 바람이 속삭이고 있어.
곧 다가올 폭풍을 이야기 해주고 있지.
힘으로 충만한 나는 이제 날개를 편다.

이제 모든 걱정은 저버리고 몸과 마음의 자유를 느끼면 내 여정을 시작한다.
바람에 몸을 맡긴 채 내가 간다.

내가 안 가는 곳은 없어.
난 저 높은 하늘로부터 내려왔어, 그리고 더 많은 것을 찾아서 날아다니고 있어.
내 눈을 피할 존재는 없어.
살다 보면 이길 때도 질 때도 있지만 이 모든 게 다 게임의 일부야.

폭풍이 지나고 나면 고요함이 오지. 구름을 뚫고 햇빛이 빛나는 거야.
이제 무엇도 나에게 상처를 주지 못해, 날 쫓아올 존재는 아무도 없어.

이제 모든 걱정은 저버리고 몸과 마음의 자유를 느끼면 내 여정을 시작한다.
바람에 몸을 맡긴 채 내가 간다.

산과 함께 춤을

뜨거운 태양의 바의 키스처럼 따뜻함. 완전한 시간의 발걸음.
숲 안의 속임처럼 뛰는 심장박동.

이 춤이 나의 것이 되도록 나를 안아줘. 이 춤은 나의 것.
우리는 모두 혼자이고 당신의 사람은 나를 흥분시키지.

너는 내 안에서 움직이는 지구야. 나는 산과 춤추는 것처럼 느낀다.

공중을 걷는 리듬을 느껴봐. 산과 함께 춤추는 것처럼 느껴봐.
산과 함께 춤추는 리듬을 느껴봐.

우리는 하늘의 쉼터 안으로 걸어 오르지. 더 높은 땅 위의 발걸음.
마른 곳을 흐르는 강과 같이 부드러운 너의 목소리.

산과 함께 춤추는 리듬을 느껴봐. 나는 산과 춤추는 것처럼 느낀다.

락큰롤은 우리 도시를 세웠지

우리는 이 도시를 세웠어. 락앤롤로 세웠어.
이 도시를 세웠어. 우리는 이 도시를 락앤롤로 세웠어.
당신은 날 모른다고 말하지. 내 얼굴을 모른다고 말하지.
누가 그런 도시를 가는지 관심 없다고 당신은 말해.
당신의 싸움에 빠져 들어 열광 속으로 깊게 빠져들어.

나는 드럼을 연주하지. 라디오를 들어봐.
아주 많은 도망자들이 밤을 소비하지.

기억이 나지 않나?
우리는 이 도시를 세웠어, 락앤롤로 이 도시를 세웠어.
우리는 이 도시를 세웠어, 우리는 락앤롤 도시를 세웠어.
이 도시를 세웠어, 우리는 이 도시를 락앤롤로 세웠어.

누군가는 항상 회사놀이를 하지.
그들이 회사 이름을 바꾸는데 누가 관심을 가지겠어.
우리는 여기서 춤만 추고 싶어. 누군가가 무대를 뺐었어.
그들은 우리보고 무책임 하다고 말하지.

싫증난 옛 거리에서 맞는 또 다른 일요일.
당신이 처벌을 받는다면, 우리는 박자를 잃어.

누가 카운터 아래에서 돈을 세나?
누가 두개의 기타를 건물해체 작업에 사용 하니.
당신은 우리가 필요하다고 말하지 마.

우리는 단순한 바보가 아니야.

여러분의 학교를 통해서 세상을 기대해봐.
당신은 기억하지 못하나?

당신이 가장 좋아하는 라디오방송국이 여기 라디오시에 있어.
그 도시는 바다가에 있는 라디오를 하는 도시, 결코 잠들지 않는 도시지.

우리는 락큰롤로 이 도시를 세운거야.

토이 스토리 (마약)

한 걸음 한 걸음 마음에서 마음으로 왼쪽 오른쪽 왼쪽
우리는 모두 장난감 인형처럼 쓰러져 간다.
널 잘못된 길로 이끌려 했던 건 아니었어.
그 일은 결코 이런 식으로 일어나서는 않됐던거야.

내가 무슨 말을 하겠니? 내가 그 초대를 연장한 건 분명 사실이야.
난 네가 얼마나 오래 머무를지 몰랐어. 내가 그 유혹의 이름을 들을 때
쓰러지길 분명히 바라는 건 네 심장이라구.

그러니 나와서 나와 함께 놀지 않을래? 한 걸음 한 걸음 마음에서 마음으로 왼쪽 오른쪽 왼쪽 우리는 모두 장난감 인형처럼 쓰러져 간다.
조금씩 조금씩 찢겨져 간다.

우린 결코 이길 수 없지만
어쨌거나 이 전쟁은 장난감 인형들을 위해 벌어지는 것이지.
어떻게 내가 이 중독에 그토록 눈이 멀 수 있었을까?
내가 멈추지 않는다면 아마 다음 차례는 제가 되겠지.

오직 공허함만 남는군. 그 공허함이 모든 고통의 자리를 대신 채우네.
나와서 함께 놀지 않을래?

우린 결코 이길 수 없지만 어쨌거나 이 전쟁은 장난감 인형들을 위해 벌어지는 것이지.

올바른 변화를 만들어야 할 시기야

난 이제 바꿀 거야.
내 생에 처음으로 정말 기분 좋을 거야.
변화를 줄 거야.
옳게 만들 거야.

내가 제일 좋아하는 겨울 코트의 깃을 세워도
이 바람이 내 마음을 날려.

거리의 아이들이 보여, 먹을 게 부족한 아이들이
눈먼 나는 누구인가. 그들의 필요를 못 본 체 하는 나는?

무시하는 여름, 망가진 병뚜껑 그리고 한 남자의 영혼.
그들은 바람을 타고 서로를 따라가는 걸 알지?

그들은 갈 곳이 없거든
그게 네가 알았으면 하는 이유야.
난 거울 속의 남자와 시작하고 있어.
난 그에게 방식을 바꾸라고 부탁하고 있어.
그리고 어떤 말도 그렇게 분명할 순 없었어.

네가 만약 세상을 더 나은 곳으로 만들고 싶다면
자신을 살펴보고, 바꾸면 돼.

난 이기적인 사랑의 피해자였지.
이제 깨달을 때야.

어떤 사람에겐 집도 빌릴 조금의 돈도 없다는 걸.

그들은 혼자가 아니라고 거짓말하는 내가 정말 나일까?
깊게 상처 입은 버드나무, 누군가의 아픈 마음,
그리고 씻겨나간 꿈.

그들은 바람의 무늬를 따라가, 알지?
그들은 있을 곳이 없거든.
그게 나부터 바뀌려 하는 이유야.

난 거울 속의 남자와 시작하고 있어.
난 그에게 방식을 바꾸라고 부탁하고 있어.
그리고 어떤 말도 그렇게 분명할 순 없었어.

네가 만약 세상을 더 나은 곳으로 만들고 싶다면
자신을 살펴보고, 바꾸면 돼.

자신을 살펴보고, 그 변화를 만들어.
바르게 고쳐야 해, 네게 시간이 있을 때
네가 마음을 닫으면 너의 정신도 닫히니까.

이제 진정으로 올바른 변화를 만들어야 해.

나를 바꿀 수 있는 건 아무것도 없지

이야기는 종이컵으로 끝없이 내리는 빗물처럼
흘러나온다.

그들은 그들이 우주를 가로질러 미끄러지는 것처럼
거칠게 미끄러진다.

슬픔의 풀은 기쁨이 표류하는 것처럼
나의 열린 마음을 통해 물결친다.

내 세상을 바꿀 수 있는 것은 어떤 것도 없다.
부러진 이미지는 수백만의 나보다 먼저 춤을 비춘다.

그들은 우주를 가로질러 계속해서 나를 부르고 또 부른다.
생각은 우편함의 안쪽에 쉼 없는 바람처럼 굽이쳐 흐른다.
그들이 만드는 그들의 우주를 가로지르는 길처럼 굴러 떨어진다.

내 세상을 바꿀 수 있는 것은 어떤 것도 없다.
웃음의 소리 삶이 그늘이 나의 열린 귀를 통해 울리고 있다.

자극과 나를 초대함.
수백만의 태양들처럼 끝임 없는 영원한 사랑이 내 주위를 비춘다.
그것은 우주를 가로질러 나를 계속해서 부른다.

내 세상을 바꿀 수 있는 것은 어떤 것도 없다.

더 높은 삶으로의 복귀

내 생활이 한 길로만 너무 빠르게 달려온 것이 나에게 보여지고는 했다.
그리고 난 단지 좋은 부분들의 마지막을 만들기 위해 천천히 생활해야만 했다.
그러나 당신은 달리기 위해 태어났고 단지 느리게 하는 것도 어려워 보인다.
그래서 나를 도시의 밝은 부분에서 만나면 너무 놀라지 마라.

난 더 높은 삶으로 다시 돌아갈 것이다.
모든 한꺼번에 내가 닫은 문은 다시 열릴 것이다.
난 더 높은 삶으로의 생활로 다시 돌아갈 것이다.
모든 날 바라보는 눈은 웃음 띠며 나를 반길 것이다.
그리고 나는 한 손을 자유롭게 둔 채 마시고 춤출 것이다.
그 세계로 날 다시 돌아가게 해줘.

그리고 계속해서 더 높은 삶으로의 복귀를 보는 광경에 있을 것이다.
넌 가장 좋은 생활을 생활이 되게 그냥 놔두는 것이라고 항상 내게 말하고는 하지.
그리고 난 네가 아직 그 바깥에 있으면 하고 바라지.

그리고 너는 내가 그렇게 되는데 익숙하지.
우리는 우리 자신을 위해 시간을 보낼 거야.
그리고 우리는 아침 해가 떠오를 때까지 춤 출거야.
그리고 우리는 좋은 시절을 허락할거야.

모든 날 바라보는 눈은 웃음 띠며 반길 것이야.
그리고 우리는 한 손은 자유롭게 둔 채 마시고 춤출 것이다.

그리고 세상을 매우 쉽게 가진다.

그리고 우리는 더 높은 삶으로 복귀한 과정이 될 것이다.

영원으로 가는 길에 서서

과학에서 이론이라는 것은 새로운 관점으로
세상을 보며 바르게 세상을 바꾸려는 노력이며
법칙이라는 것은 다수의 선택에 의한 믿음의
결실이다.

다수의 선택에 의한 믿음의 결실에 내가 택한
것은 모두를 위한 정의이다.

세상을 등진 자: Rain Man
중간의 입장에서 세상을 연결해 주는 자:
Soul Provider, Simply irresistible
기억을 지우는 보이지 않는 영역의 존재:
Memory Eraser
존재의 의미: 남과의 차별성

정상상태의 우주론에 의하면 늙어지는 자가 있으면
젊어지는 자도 존재해야 한다.

디플레이션 우주론이라는 것은 크기가 축소하는
우주로 젊어지는 자들이 많이 생기게 된다.

우리는 정신력이라는 제5의 힘으로 각자가
자유로운 자신만의 우주로의 여행을 통하여
비상하여야 한다.

God

신은 마음을 가지지 않는다.
따라서 모두 신이 될 수는 없다.

하지만

God을 거꾸로 하면 Dog가 된다.
우연일까?

그냥 말장난일 뿐일까?

정치제도의 개혁

나의 가장 기본적인 마인드만 밝힌다.
먼저 몇 천년 간을 이어온 편 가르기가 문제다.

대의명분이라는 것은 물론 중요하다.
그러나 항상 보수적인 파와 진보적인 파의 편가르기
싸움이 가장 큰 문제다.

이미 나누어진 파는 어쩔 수 없다고 하더라도
그 나누어진 이들이 뜻을 하나로 모으는 작업이
가장 중요하다고 생각한다.

그리고 서로를 적이라고 생각하여 헐뜯고 싸우는
것이 가장 큰 문제다.

뜻이 다르다고 해서 자신이 속한 소속의
집단이기주의에서 벗어나서 적이라고 생각되는
다른 집단의 좋은 점을 받아 드리면 어떠한 어려운
문제에 당면하더라도 그 문제를 해결할 수가 있다고 본다.

몇 천 년간의 줄서기의 습관은 반드시 고쳐야할 악습
이라는 관점이다.

이제는 속해 있는 집단에서 모두가 yes라고 할 때 no라고
할 수 있는 진정한 용기를 가진 자들이 점점 늘어 간다면
우리는 크나큰 비상을 할 수 있는 시점에 있다고 본다.

우리들의 약속

1. 증오나 미움을 모두 지우자.

2. 마음에 드는 것들·끌리는 것들에는 반드시 감수해야할 희생이 필요하다. (내가 그것을 얻기 위해서는.)

3. 보이는 모든 것은 항상 반대일 수 있다는 생각의 유연함을 갖자.

4. 나는 태어나서 지금까지 변화하지 않은 것들이 많다. (예전에 이미 존재 했으므로.)

5. 거짓을 찾을 수 있는 올바른 심미안을 가지자.

6. 단 위의 글은 상대적이지 절대 적이지 않다. (상황에 따라 달라지는 것은 본질일 수 없다.)

7. 남의 일에 지나친 관심을 보이진 말자. 때론 분위기에만 적응하자. 내가 원하는 분위기로 바꾸던가.

8. 나를 내세우려 하지 말자. 자신을 감출수록 자신의 존재감은 커진다.

9. 남들과 서서히 거리를 두고 일대일로 친해지자. 여럿이 함께 친해지려하면 분위기에 취해 나와 진정한 친구인지 알 수 없다.

10. 마음을 될 수 있는 대로 많이 비우자.

11. 말이든 행동이든 억지로 하려 하진 말자.

12. 잠을 푹 자는 습관을 기르자.

13. 항상 사물을 여러 각도에서 객관적으로 관찰한 후 판단하자. 그리고 모든 것을 절제하자.

i파트에 숨겨진 거대한 힘

우리는 눈의 구조상 허상만을 볼 수 있다. 실상은
보이지 않는 세계인 오일러 등식의 i파트의 것이
진짜의 실존하는 세계인 것이다.

오일러 등식은 exp(ix)=cosx+isinx 라는 세상에서
가장 아름다운 등식에 의해 표현된다.

상대성이론은 자체모순을 가지고 있다.
그 자체 모순이라는 것은 우리의 눈에 보이는
빛의 세계에 의해 모든 것을 기술해 왔다.

또한 아인슈타인의 특수상대성이론은 고전역학의
연장성 상에 있으므로 빛에 세계에서는 하자가 없는
완전한 이론이다.

그러나 실제로 보이는 모든 독립된 물리량은 불연속
일 수 밖에는 없다. 이것은 물론 플랑크 스케일 보다
훨씬 더 작은 영역에서 불연속이라는 것이다.

여기에서 일반상대성이론은 자체오류를 범하고 있다.

해탈

세상을 모두 가지려면 세상 모두를 버려야만 한다.
누구와도 손을 잡으면 정신적 강자는 될 수 없다.

이를 통하여 나를 움직이는 것은 내 의지 뿐이라고
확실하게 말할 수 있어야 한다.

자신의 모든 것을 던져버리기. 그것을 해탈이라 한다.

그냥가보는거야

모두가 세상의 주인공이 되는 날까지 끝없이
날 시험하면서 그냥 가보는 거야. 그리고 나는
내 안에 영원히 있을 것이다. 누구의 눈치도
보지 않고 끝까지 모두를 위한 정의를 위하여.

때로는 악마의 유혹을 이용하기도 하지만
모두를 위한 정의라는 기본의 정신은 절대
변하지 않고 더 강해질 것이다.

차원 부정론

칸토어의 무한 개념에서 3차원은 2차원으로
2차원은 1차원으로 1대1 대응을 시킬 수 있다.

만일 3차원에 어떤 기준으로 잡은 축(좌표축)
이 있다면 그 축은 -무한대와 +무한대에서 만나야만
한다.

따라서 무한대와 그것의 역수인 무한소는 자체오류를
가지고 있다.

따라서 공간차원은 존재할 수 없다.

또한 산술평균과 기하평균 그리고 조화평균의 부등호
방향을 보면 공간차원은 존재할 수 없다.

* 산술평균은 1차원 평균 기하평균은 2차원 평균 조화평균은 3차원 평균.
* 차원 딜레마들이 생기는 이유는 공간 차원이 존재하지 않기 때문이다.

참된 우주의 주인공

계속 서로 싸워야만 영원할 수 있고 계속 부딪쳐야 자신의 자유를 찾을 수 있다. 존재의 이유는 남과의 차별성에서 기인하기에 계속 모든 것을 거부하면서 싸워나가고 합의를 하고 다시 싸워나가는 것을 반복해야 한다.

완전해 지려면 모든 고정관념을 버리고 자유롭게 사고하며 계속 자신 안으로 들어가기를 반복하면서 더 멋지고 큰 자아를 만들어 가야만 한다.

그리고 이 과정을 통하여 우리는 큰 하나가 되어 마음에 들지 않는 세상을 바꾸어 가야만 한다. 틀림없이 모두에게 정당한 룰이 있을 것을 확신하는 바이며 이 세상의 모든 이들이 참된 주인공으로 사는 우주는 가능하다고 본다.

그 곳에서 자신이 큰 사람이 되려면 많이 희생하고 욕심을 버리면서 남의 마음을 얻는 덕이라는 항목이 가장 중요한 것임을 믿어 의심치 않는다.

그러나 진실만을 말한다면 그대는 거짓을 말하는 자에게 이길 수는 없다. 상대방의 태도에 맞게 거짓은 거짓으로 진실은 진실로 싸우며 자신의 패를 모두 보여 줄 필요는 없다.

모든 것은 단지 게임일 뿐이므로 상대방을 속이는 자가 되는 연습도 해야 한다. 인생이란 게임은 포커나 스타크래프트 게임 정도에 비유를 하면 된다. 그리고 반드시 이기려고 애쓸 필요는 없다.

가끔은 져 주면서 상대방에게 희망을 주는 센스도 필요하다.

물질·정신 등가 방정식의 개요

모든 이의 능력은 일단 동일하다는 것에서부터 출발한다.
그러나 살아 온 배경에 따라서 정신력을 높일 수 있는 방법을
익힐 수가 있다. 4대 성인은 어려운 삶을 살았기에 그 방법을 잘 알고
있었을 뿐이다.

유물론과의 차이점이 있다면 물질정신 등가방정식은 3가지가
모두 가능하다는 것이다.

물질이 정신을 우선할 수도 있고 물질과 정신이 동적평형을 이룰 수도 있고
정신이 물질을 우선할 수도 있다는 것이다.

4대 성인의 공통된 특징은 물질이 아주 적은 시기를 거쳤다는
것이다. 다른 표현으로 말하자면 상상 이상으로 몸이 마른 상태를 거쳤다
는 것이다.

이 때는 정신력이 물질을 크게 압도하게 됩니다. 예수가 십자가에서 최후
를 맞이할 때도 몸이 아주 마른 상태였다는 것이 이것의 증거다.

살아온 배경에 의하여 이큐와 아이큐는 달라지지만 실제로
우리의 몸인 소우주는 크기만이 변화할 뿐 달라지지는 않고
우주의 열교환에 의하여 어느 때는 젊어져 보이기도 하고
어느 때는 늙어져 보이기도 한다.

흔히 사랑을 하면 아름다워져 보인다고 말을 한다.
이 사람이 두 사람을 닮게 만드는 것도 우주의 열교환에서

이다. 부부는 닮는다는 것 정도를 예로 들 수 있다.

우리가 스트레스라고 말하는 것은 반물질이 우리의 우주에
들어 오는 것을 뜻하며 그것이 지속적으로 계속되면 우리의
우주는 그로 인해 늙어 간다.

하지만 자신과 잘 맞는 사람과 열교환을 잘하게 되면 우리의
우주는 젊어지기도 한다.

노소화친이라는 말이 있습니다. 이 것은 두 우주에서 모두
좋은 것이다. 이 경우 어린아이는 성장하고 노인의 시간은 거꾸로 간다.

하지만 지나친 사랑은 자신을 파멸로 인도한다.
이 세상은 자신을 위해 존재한다.
자신이 죽는다면 이 세상은 자신에게 의미가 없어지고
자신에게 있어 아마겟던과 같은 역할을 한다.

이러한 것을 나는 **국소적 아마겟던**이라고 부른다.

또한 여자들이 남자에 비해 마른 체형을 갖는 경우가 많기
때문에 여자의 정신력이 우수할 수 있고 조그마한 크기의
우주이기 때문에 아이들의 정신력이 우수할 수도 있다.

우리가 흔히 말하는 좋은 분위기를 만들 수 있는 것이 그 사람의
경험에 의한 내공의 힘이며 정신력이 강한 사람이 그 분위기를
만들 수가 있다.

나는 이런 분위기를 만들 수 있는 능력이 큰 소수의 사람들을
레인메이커라고 부른다.

너무 많은 천국

아무도 더 이상 천국을 많이 얻지 못한다. 들르기가 훨씬 더 어렵다
줄을 서서 기다리고 있다. 아무도 더 이상 너무 많은 사랑을 받지 못한다
산만큼 높이 있다. 그리고 오르기 더 어려워.

우리 아가씨! 가게에 사랑이 많아. 그리고 그것은 여러분을 통해 흘러간
다. 그리고 그것은 저를 통해 흘러간다. 그리고 난 널 더 사랑해.
내 인생보다도 더 많이 영원히.

우리가 있는 모든 것은 결코 죽지 않을 것이다.
사랑은 정말 아름다운 것이다. 당신은 내 세상을 여름날로 만들지.
넌 그냥 사라지고 싶은 꿈일 뿐이야. 아무도 더 이상 천국을 많이 얻지 못
하지.

들르기가 훨씬 더 어렵다. 줄을 서서 기다리고 있어.
아무도 더 이상 너무 많은 사랑을 받지 못한다. 산만큼 높이 있다.
그리고 오르기 더 어려워. 너와 나 하늘로 가는 고속도로를 탔다.

우리는 외면할 수 있다. 밤낮으로.
그리고 네가 울어야 했던 눈물은 넌 내 인생이야.
내일 새로운 것이 보인다.

우리가 있는 모든 것은 결코 죽지 않을 것이다. 사랑은 정말 아름다운 것
이야.
네가 나에게 위에 있는 빛일 때 모두가 볼 수 있도록 만들어졌다.
우리의 소중한 사랑은 아무도 더 이상 천국을 많이 얻지 못한다.

아무도 더 이상 천국을 많이 얻지 못한다.
들르기가 훨씬 더 어렵다. 줄을 서서 기다리고 있어.
아무도 더 이상 너무 많은 사랑을 받지 못한다. 강만큼 넓다.
오르기 더 힘들어 아무도 더 이상 천국을 많이 얻지 못한다.
들르기가 훨씬 더 어렵다.
줄을 서서 기다리고 있다.

인간이 느끼는 희노애락이란?

희노애락의 모든 감정은 주위의(혹은 나의) 파장에 있다. 인간은 원래 아무 감정을 가지고 있지 않기 때문이다. 물론 사람마다 (특히 남녀간은) 희노애락이 다른 각각의 파장을 가지고 있다. 그래서 그 파장의 간섭에 의해 아무 이유없이 기쁠 때도 슬플때도 있다.

자세한 건 알 수 없지만 웃음은 평소보다 짧은 파장을 가지며 슬픔은 더욱 더 짧은 파장을 가진다. 인간이 언어를 사용하고 어떤 것들에 의미를 더욱 섬세하게 붙여 가는 이유는 인간이 아무것도 가지고 있지 않은 단순한 존재이기 때문이다.

우리는 두 가지의 선택의 기로에 서있다.
더욱 복잡한 세상으로 달리느냐, 아니면 모든 것을 단순화 시켜 가느냐!
복잡한 세상은 재미난 세상이고 또, 미래로 가는 길이지만 그에 따르는 많은 병패를 필연적으로 생성한다. 단순화 시킨다면 반대로 따분할 것이다. 하품이 나오려 한다.

너무 많은 사랑은 널 죽일 거야

나는 내가 사용했었던 사람의 조각에 불과했어. 너무 많은 쓰라린 눈물은 내게 흘러 내렸지.
나는 집으로부터 떠나서 이 외로움에 너무 오래 맞섰어.

아무도 나에게 진실을 말해주지 않는 것 같아.
성장에 관해 그리고 정당성을 위한 투쟁. 내 얽힌 마음 속에...
나는 내가 어디서부터 잘못 되었는지 찾기위해 되돌아 보았어.

너무 많은 사랑은 널 죽일거야. 만약 네가 너의 마음을 정하지 않는다면.
연인은 갈라져서 사랑은 널 뒤에 남겨두고 떠날 거야.

너는 재난을 위해 나아갔지 왜냐면 너는 신호를 결코 읽지 못했기 때문에
너무 많은 사랑은 널 죽일 거야. 매일...

나는 단지 내가 사용했었던 남자의 그림자다. 그리고 나를 위한 탈출구가 없는 것 같다. 나는 너에게 햇살을 가져다 주었는데 이제 내가 여태껏 한 것을 너에게 줄게.

네가 내가 사준 신을 신고 서 있으면 어떨까? 선택이 불가능하다는 걸 모르겠니? 아무도 이해하는 사람이 없어. 내가 가는 모든 길마다 나는 잃어야만 했어.

너무 많은 사랑은 널 죽일 거야. 아무것도 아닌 것처럼 확신할 수 있어.
사랑이 네 안에 있을 때 힘을 소모시킬 것이다.

너를 간청하고 비명 지르게 하고 기게 만들 거야. 그리고 고통은 너를 미치게 만들 거야.
너는 너의 범죄의 희생자야. 너무 많은 사랑은 매일 널 죽일거야.
그래 너무 많은 사랑은 널 죽일 거야.

그것은 너의 삶을 거짓말로 만들 거야. 너무 많은 사랑은 널 죽일 거야.
그리고 너는 왜 그런지 모를 거야. 너는 너의 삶을 줄거야. 너는 너의 영혼을 팔 거야.
그러고 여기 다시 온다.

너무 사랑은 널 죽일 거야. 결국엔. 결국엔.

신은 죽었다-니체 (신에 대한 내 생각)

신을 믿으면 정말 신이 있다고 생각되고 혹은 느껴지기까지 한다.
신은 죽었다란 말은 신을 믿는 것보다 당신을 믿는 게 우선이다.

신을 믿으면 자신의 존재는 점점 나약해져갈 뿐이다. 물론 신은 자신이 가장 확실하다고 하는 신념이 될 수도 있지만, 그런 것들도 언젠간 흔들릴 것이다.

두 눈을 감으면 보이는 우주모양의 spot. 눈으로 볼 수 없는 것을 보려면 아예 눈을 감아 보자. 헬렌 켈러는 눈과 귀를 쓸 수 없지만 그로 인해 세상을 더 편견 없이 이해할 수 있었다. 본질은 느낌(feel)만으로 받아 들여야 한다. 인간이 가진 감각 중 가장 희미해지고 가장 완전한 감각은 느낌이다.

우리가 사는 세상은 가상현실이다

가상세계인 이유: 전체의합은 영(zero sum) 이어서 실존하는 것은 있을 수 없다. 전체의 우주와 나는 정확히 양이 같고 무언가(?)가 반대이어야 한다. 내가 너무 가속되어 우주 전체가 반대로 가속 된다면 어떤 일이 벌어질까?

그는 신(GOD)이라고 할 수 있다. 신이 있다고 하더라도 우리 우주와는 연관성이 있을 수 없다. 그렇다면 이신은 우리와의 연결이 모두 끊어진 존재 여야 한다. 우리의 우주가 아닌 다른 우주이어야만 가능하다는 것이다. (그러므로 신은 없다고 말해도 좋다.-적어도 우리를 지배하는 신은- 예수는 단지 **Simply irresistible**일 뿐이다. 기를 잘 운용하는 특별한 사람...)

또한 그는 우리만큼의 우주를 만들 수 있다. 따라서 무한의 우주가 가능하다는 이야기이다. 그러나 우리각자 또한 완전한 우주(더 이상 진화하지 않으므로)이고 우리 각자의 우주는-내가 (**Chain Rule**)이라고 명명하는- 모두와 연결 되어있다.

그리고 우리는 어떤 상태에서도 견제와 균형이 이루어진다. 그러나 뜻은 하나로 방식은 각자의 것으로 생활을 즐긴다면 자유롭고 우리의 능력을 마음대로 펼친 수 있는 세상이 된다. 그러나 동시성이 항상 이루어지므로 각자의 길을 가면서 상대방과 좋은 관계를 유지하면 되는 것이다.(아니면 좋아 하는 사람들과 살거나)

그러니 모두가 한 방향으로 가게 된다면 옳은 결과를 만들 수 없다. 가장 바람직한 방법은 황금비라고 생각한다. 고대 의문의 2차방정식인 황금비.

이것은 영화Matrix와 비슷하지만 빛의 세계에 사는 사람과 타키온의 세계에 사는 사람 모두 가상현실인 것이다. 우리가 살아 있다는 증거는 고통과 쾌락뿐이다. 그러나 쾌락과 고통의 합 역시 zero sum이기 때문에 역시 합은 0이다. 그러나 우리가 저 너머의 세계에서 고통을 그만큼 만든다면 역시 zero sum이 성립하여 우리는 좀 더 행복할 수 있다.

인간의 관계 에서도 2대1 정도의 성적 비율(남남여 또는 여여남)이 바람직하다.
그래서 핵자에 +Charge가 둘 이상 있으면 반드시 중성자가 있어야만 안정한 것이다.

반대로 이성간의 관계는 일정한 거리를 두어야 한다. 아니면 불로 달려드는 불나방 같은 비극을 맞게된다. (전자의 궤도함수를 생각해보라) 그러나 3의 관계는 언제나 안정한 관계를 가지거나 1+2로 나누어진다. 이경위에는 견제와 균형이 깨진 것이다. 쉽게 말해 셋이 하는 가위바위보게임에서 **지거나 이기는 것보다 비기는 것**이 가장 좋다.

선악의 구분 그것은 없다. 선은 다수의 선택일 뿐. 마음의 들지 않는 소수는 그것을 바꾸면 된다. 그러나 유혈사태를 벌이기 싫다면 천천히 바꾸어야 한다.(Chain Rule 백 번이상 실험한 것이니 믿어도 좋다. 그러나 선택은 당신의 몫이다. 믿거나 말거나...)

그러나 전체적 chain rule이 성립하므로(물론 시간은 연속된 물리량이 아니다.) chain 이란 모두가 하나의 체인처럼 이리저리 묶어있다는 것이다.

나의 실수로 컵이 떨어져서 깨지거나 교통사고가 나는 것은 아니다. 그냥 옛날사람이 말하던 오비이락일 뿐이다. 전체의 시스템의 동의로 일어나는 일이다. 그러니 너무 조심스럽게 살지 마라. 병에 걸린다. 난 내 인생의 주인공이니 당당하게 살자. 다수의 선택으로 가는 것은 순탄하나 얻는 것이 없고 소수의 선택으로 가면 죽을 만큼 힘드나 그 끝에는 빛나는 열매가 있다. 우리 서로가 다른 이를 방해(정신적)하지 않으면 우리는 모두 신과 같은 우주가 된다.

그러나 게임에서는 최선을 다해야만 무한의 잠재능력을 기를 수 있다. 그리고 게임에서는 **상대방의 페이스에 말리는 경우 페이스를 자신의 것으로 가져와야 한다.**

페이스 무너뜨리기는 자신이 터득하도록. 승패는 병가지상사. 이때 생긴 스트레스는 물이 최고인 것 같다. 자기만의 리듬도 만들어 보아라. 즐기자! 그냥 이 순간을 즐기자.

ps1) 인간관계는 열과 관계하는듯하다. 낮에는 덥고 밤에는 추운 것. 그러나 선악의 존재가 자신의 선택이듯 이것도 자신의 선택. 자신이 원하는 대로 하는 것이 가능하다. 기분 좋은 열이 있고 반대의 열도 있다. 물론 기분 좋은 열이 건강에 좋다.

인과응보(상대방에게 준 스트레스는 자신이 고대로 가져온다.) 빠져나오기 힘든 상황에서는 그대로 두어라. 물에 뜨는 인간이 빠져 죽는 이유는 허우적거리기 때문이다. Let It Be! 그러나 실제 세계라고 생각하면 실제 세계이다. 색즉시공, 공불이색. 생각하기 나름이다. **나도 이젠 즐길 것이다. 가끔은 반항도 하고.**

ps2) 현실(이것 역시 가상현실-다른 물리법칙이 적용되는)과 가상현실의 합이 제로가 될 수도 있는 것이다. 우리의 상상은 무한하고 마음먹은 되로 모든 세계가 가능하다. 그래서 우리는 많은 제약을 두어 같은 시공에

살도록 하고 싶었던 건 아닐까?

상대성이론이나 케이어스, 그리고 양자역학, 현대수학을 신처럼 믿게 함으로써 말이다. 제약을 완전히 풀어 주면 우린 수 많은 다른 시공의 World를 만들어 나가게 될까?
확실한 것은 우리의 세계와 똑같은 세계가 적어도 하나 이상은 존재해야 한다는 것이다. 거기엔 자신과 똑같은 존재가 살지도 모르지만. 입자와 반입자, 물질과 반물질은 같은 물리법칙이 적용되지는 않을 지도 모른다.

대칭성의 파괴는 물질이 아름다움을 추구하려는 성질을 가진 것이 아니라, 지적 생명체가 아름다움을 추구하거나, 파괴를 추구하는 본능 때문인 것 같다. 과연 몇 개 이상의 가상현실이 존재해야 하는 것일까? 내가 한 실험에서는 우리는 어떠한 상태에서도 균형을 자연히 맞추어 간다는 것이다.

우리는 완전한 우주이다

팽창하는 우주는 전체의 우주선의 파장이 길어진다.
따라서 우리는 미래로 가고 늙어간다. 마침내 죽음...

그러나 팽창하는 우주 내에서도 정지상태의 부분우주
가 가능하고 black hole 같은 수축하는 우주가 가능하다.

수축하는 우주가 아니더라도 정지우주는 영원을 약속
할 수 있다.(물론 동적평형 상태에서...) 문제는 우리
내부의 우주선의 파장인 것이다.

교왕과직(矯枉過直)

자연은 최소경로를 따르기 때문에 굽어 있는 것이 당연하다. 그러나 인간이 만든 건축물이나 물건들이 굽어 있다면 눈에 거슬린다. 물론 유선형이나 원형의 경우는 목적성이나 아름다움을 위하여 그렇게 설계된 것이니 예외라고 볼 수 있다.

지금 이 글을 쓰면서도 줄을 맞추려는 것처럼.
그러니 우리 주변의 공간이 휘어 있어도 그것과는 상관없이 우리의 눈은 정돈된 우주를 원하고 있는 것이다. 뒤틀린 우주는 우리의 눈에. 우리의 감각에 좋아 보이지 않는 것이다.

어쩌면 우리의 눈은 대단한 능력이 있어 우리 주변의 뒤틀리고 꼬인 모양조차 바르게 세우고 있는지 모른다. 그것이 몇 차원의 우주이고 물리학의 공식이 어찌 되었던 상관없이 말이다.

우리가 이런 네모의 꿈을 꾸는 것은 혹은 실제로 굽은 축과 공간을 바르게 하려는 것은 이유는 알 수 없지만 인간은 복잡하고 어지러운 것을 싫어 한다는 것이고 단순하고 정리된 것들을 본능적으로 선호한다는 것이다.

그리고 이것들은 주위의 공간과는 다른 성질의 것인데도 우리는 실제로 우리주변의 휘어진 시공간을 볼 수 없는 것으로 보아 우리의 정리된 것들을 선호하는 본능이 주변의 시공간의 뒤틀림을 바로 잡아 보게 하는 것이다.

하지만 보이는 것만으로는 단순한 절대공간의 형태이지만 실제

공간의 휨은 변화시키지 못한다. 그리고 그로 인하여 우리 주변의
공간은 무척이나 더욱 복잡하여 진다라는 것이다.

너무 복잡하여서 인간의 정신력이 먼 거리의 우주보다 매우 강하게
작용하지만 (그 효과도 먼 거리에서보다 가까운 곳이 실제로
훨씬 강하게 나타나야 하지만) 실험이나 관측으로 검증하는 것이
거의 불가능하다 라는 것이다. 이로 인하여 복잡해진 주변은 다른
것들로 설명하려고 하고 있다.

일종의 나비효과라고 부르는 것으로...

내가 찾는 것을 아직 찾지 못했어

나는 가장 높은 산을 올랐다. 들판을 뛰어다녔다. 당신과 함께 하기 위해서 당신과 함께 있을 뿐.

난 도망쳐 기어갔지 이 성벽을 기어서 이 성벽은 당신과 함께 있을 수만 있다면 하지만 아직 내가 찾는 걸 못 찾았어. 하지만 내가 찾는 건 아직 못 찾았어.

꿀 입술에 키스를 했어 손가락 끝으로 치유가 느껴졌다. 불처럼 타버렸다. 이 불타는 욕망은 천사들의 혀로 이야기해 왔소. 악마의 손을 잡고 밤은 따뜻했다. 돌처럼 차가웠다.

하지만 아직 내가 찾는 걸 못 찾았어. 하지만 내가 찾는 건 아직 못 찾았어.

왕국이 올 거라고 믿어. 그러면 모든 색깔이 하나로 흘려지겠지. 피를 한꺼번에 흘려 그래, 난 아직 도망중이야.

넌 채권을 깼고 사슬을 풀고 십자가를 들고 내 부끄러움을
부끄러운 건 내가 믿었던 거 알잖아 하지만 아직 내가 찾는 걸 못 찾았어.

사건과 관측자가 같이 변화해야만 제3의 눈에 대해 동일한 사건이 동일하게 인식된다

관측자에 상관없는 동일한 물리법칙이 모든 상황에 성립하려면 관측자의 상태에 따라 어떠한 동일한 사건도 다른 사건처럼 발생되는 것이 가능하여야 한다는 것이다. 따라서 관측자와 사건을 혹은 그 이외에 여기에 영향을 주는 모든 것을 따로 떼어내어 생각할 수 없다는 것이다.

어떠한 유효한 측도에서 보아도 반드시 관측자와 사건은 항상 유기적 관계를 가지며 관측자와 사건의 결합은 항상 일정한 결과를 만들어 내어야 한다.

둘 혹은 셋 이상이 적당히 변화하여도 전체적 효과 내지는 단계적 결말이라는 것은 눈에 보이는 모습이 아니라 보이지 않는 균형을 위해 존재하는 내제된 견제이다. 그 견제는 우주라는 틀 안에서 아주 많은 혼란과 서로와의 많은 혹은 모든 것들이 결국 하나처럼 연결 고리를 가져야 한다.

전체의 연결은 어쨌든 서로가 영향을 준다는 것이고 그것은 방정식의 미지수보다 적은 개수의 방정식이 있어 내재된 규칙이 존재한다 라는 것이다. 내재된 규칙은 서로의 사건이 제약을 가지며 이 제약이 일정한 효과나 결과를 항상 초래하게 것이다.

결과적으로 사건과 결합된 관측자는 사건과 하나 이상의 측면에서 밀접한 관계를 가지며 영향을 서로 받으며, 이들과 완전히 객관적인 제3의 눈이 있을때 그 눈에는 동일한 사건이 동일한 것으로 인식되려면 사건과 관측자가 같이 변화해야만 제3의 눈에 대해 동일한 사건으로 인식될 수 있는 것이다.

우주가 팽창함에 따라 차원이 낮아짐에 따라 우주의 방정식은 미지수의 개수에 비 해 방정식의 개수가 줄어 들어 복잡해지는 우주의 입자에 대해 점점 더 많은 조건(내재된 규칙성)을 내부에 가지면서 단순화하며 진화하게 된다.

따라서 입자의 증가 에 의해 생기는 전체적인 우주의 혼란의 증가는 차원의 감소가 내재된 불변성을 가지는 요인들의 증가를 필연적으로 수반하게 되며 차원이 더 이상 감소될 수 없는 저차원이 되면 우주는 시공과 분리된 모두가 서로 와의 불변성만으로 전체와 결합한 형태가 되는 혼란과 내재된 규칙만의 적절한 조화로 혼란은 더 이상 내재된 규칙과 반대되는 것이 아닌 물리법칙이 모든 부분에 동일하게 적용할 수 있도록 차원의 감소는 그 만큼의 규칙의 증가를 만들며 이는 그 만큼의 혼란을 만들어 증가된 규칙을 통제한다.

그러므로 혼란이 증가할 수록 내재된 조건이 많아지는데 이 조건은 이미 시공과 분리된 것이므로 내재된 조건이 증가하면 혼란이 증가하여야 할 것으로 생각 할 수 있다. 내재된 조건의 증가는 불변성(보존법칙 등)의 증가로 나타날 것이기 때문에 혼란의 증가가 계가 단순화 되는 것을 막는 유일한 수단일 것으로 생각한다.

계의 복잡한 정도는 일정할 것이며 혼란과 내재된 조건은 서로가 서로를 통제하여야 할 것으로 생각할 수 있다. 다만 이외에 다른 변수가 있다면 모르지만 지금의 우주가 혼란의 증가로 얻어진 산물이라면 그렇다는 것이다.

예를 들어 위치에너지가 자발적으로 운동에너지로 바뀌는 것처럼 우주의 시공의 계에 대한 기여도가 계의 내재된 조건으로 바뀌었고 이 내재된 조건으로 생기는 계의 단순화는 혼란(혼동)으로 서로를 보안하고 견제하여 어떠한(그것이 무엇인지는 모르지만...) 것을 일정하게 유지하고 있다는 것이다.

그 어떠한 것은 태초의 우주부터 일정하게 유지되고 있는 것이라고 생각된다. 물론 우리가 혼란과 불변성의 증가를 연관지어 생각한 적은 없지만 적당한 불변성들을 조사한다면 팽창함에 따라 불변성들은 커졌을 것이다.

태초의 우주는 혼란(혼동)이 적었기 때문에 이러한 불변성도 적었을 것이다. 물론 우리가 알고 있는 불변성이라는 것 이외의 것들도 여기에 관여할 것이라고 생각되는데 어쨌든 차원의 단순화로 얻어지는 어떤 것들의 일정한 관계라고 하는 것이라고 하면 적당한 표현일 것이다. 우주는 필연의 산물은 아니지만 자발적으로 진화(혹은 퇴화)하여 왔다.

그러나 그 과정에서 어떠한 것들의 관계는 항상 일정하게 유지되어 왔어야만 한다는 것이다. 우주는 전체를 통해서 태초부터 영원히 변하지 않을 것들이 반드시 있어야 한다. 우리는 이런 전체적 보존(혹은 다른 명칭)을 아직 보고 있지 못하는 것 같다. 자발적인 변화. 이것이 존재 한다 라면 이것은 우주의 끝까지 둘 이상의 관계가 항상 일정하다는 것이고 그것을 통해 우리가 찾고자 하는 무언가를 발견하는 열쇠가 될 것으로 확신하는 바이다.

이것은 우주의 변화가 다른 보존이나 불변성을 항상 유지하면서 random한 길을 가지 않고 선택된 길을 가며 변화해가는 것이라는 말이 아니라 우주가 지적능력을 가지고 있지 않으며 다른 계의 영향을 받지 않기 때문에 처음에 가지고 있던 우주본질적 요소나 성질이 끝까지 변하거나 없어지지 않는 당연한 결과이다.

물론 그 요소나 성질은 변화된 모습으로 나타나는데 그 본질적 이유는 요소(보존법칙이나 불변성 같은)들의 증감이나 변화이다. 이 요소들의 혼합으로 나타나는 감각적인 변화에만 집중하다 보면 이 요소들의 변화에 불변하는 이들의 본질성을 간과하기 쉽다.

이들의 본질성은 항상 같은 개수로 보존되지도 않는다. 그렇다고 정수개로 늘거나 줄면서 보존되지도 않을 것이다. 만약 A,B 둘이 어떤 불변성을 나타내어 우리가 D불변성이라고 명칭했다고 하자. 그런데 나중에 C과 추가되면 앞과는 전혀 다른 불변성으로 나타나게 되는데 이를 E불변성이라 하자. 그러면 이 들은 전혀 다른 불변성으로 인지되지만 어떤 측면에서는 동일한 관계의 불변성을 항상 유지한다는 것이고 전 우주를 같은 양으로 항상 표시할 수 있는 표준이 된다는 것이다.

그리고 어떤 측면에서의 동일한 관계의 불변성이라는 것은 태초에 부터 존재해 왔으며 우리 우주 내부의 것으로 변화 시킬 수 없는 절대적인 것으로 total zero로 칭할 수 있는 것이다.

우리는 우리의 내일을 알 수는 없지만 이 우주의 미래는 지금의 모든 경로의 자발적 변화 가능성으로 알아낼 수 있을 수도 있지 않을까? 만약 지금의 상황에서 우주의 자발적 움직임의 가능성이 가장 큰 부분을 예측하면 말이다.

그러나 이것은 쉽지는 않다. 왜냐면 숨겨진 불변성이나 보존이 아직도 많이 있을 수 있다. 우주의 여행경로는 우주 전체적으로 변화하지 않는 것들을 먼저 찾아내야 하지 않을까? 아직 기준이 명확하지 않은 것 같다.

스스로 옳은 이가 되자

육체적 편함을 얻고자하면 정신적 나약함을 추구하게 되지.
절제(self-control):자신을 컨트롤하는 것은 자유를 얻게됨에 있어 가장 중요한 일이다.
승부: 모든 승부에 이길 필요는 없다. 가장 중요한 마지막 중부에 이기면 그만이다.

(마지막의 승부에 지면 결과를 승복하고 패배의 원인을 검토해야한다. 다음번엔 이겨야 하니까...)
상보성의 원리: 관측되지 않은 것은 정해져 있지 않다. 이미 관측된 것을 바꾸려면 상전이가 필요하다.
누구 때문에 많이 흔들릴수록 나는 그만큼 나약한 존재인 것이다.

If we lost in time, we will be forever.

심미안은 세상을 보는 가장 큰 눈이다. 거짓과 진실을 바로 꿰뚫어 보는 눈이 진정 필요하다. 돌아서 가는 것이 가장 빠른 길이다. 뒷정리를 잘하면 나중에 수습하기 쉬워진다.

시간이라는 물리량은 필수불가결의 물리량이아니라 필요에따라 선택하지 않아도 무방한 물리량이다. 공간전체의 빈부분과 찬부분을 바꾸는 변환을 실행하면 사물위주의 사고를 공간위주의 사고로 전환할 수 있다.

세상에서 궁극적으로 믿을 수 있는 이는 언제나 나 자신뿐이다. 다른 이는 차별을 두어 부분적으로 믿어야만 하는 것이다.

나의 정신은 어디서 기인한 것인지는 알 수 없으나 내몸이 사라진다해도 절대 소멸하진 않는다. 그릇이 크면 작은 그릇의 사람을 완전히 포용할 수 있다. 스스로 옳은 이가 되어야만 한다.

자유를 조금씩 양보하다 보면 나중엔 서 있을 한 평의 땅도 가질 수 없다. 자신이 어느 곳에 오래 안주할 필요는 없다.

비가역반응은 존재하지 않는다

엔트로피 증가의 법칙(열역학 제2법칙)은 틀린 법칙이다.
전체의 양이 한정된 우주에서는 무질서도가 증가하면
무질서도가 감소하는 부분도 반드시 똑같은 양만큼
존재해야하기에 적당한 조건을 부여하면 반드시 가역
된다. 시간의 화살의 방향도 모든 우주에서 균일하지
않다. 따라서 시간의 화살은 전체의 우주에서의 방향성이

더 이상 유효한 개념으로 볼 수가 없다.
앞에서 누차 강조한바 있지만 다시 한 번 더 말하자면
시간은 경우에 따라 꼭 필요한 물리량이 되지 않을 수도
있는 것이다.

따라서 양자역학에는 시간의 항이 존재할 필요가 전혀
없다. 양자역학은 마술의 물리이다. 시간이 존재하지 않는
마술의 물리...

이름 없는 거리

난 달리고 싶어. 숨고 싶어. 벽을 허물고 싶어. 날 안에 가두고 있어. 손을 뻗어 보고 싶어. 불꽃을 만져보고 싶어. 거리의 이름도 없는 곳에 얼굴에 햇빛이 비쳐.

먼지 구름을 봐. 흔적도 없이 사라지는 걸 봐. 난 피난처를 원해. 피난처를 마련하고 싶어. 거리의 이름도 없는 곳에서...

이름이 없는 곳. 이름이 없는 곳. 아직 짓고 있어. 사랑을 불태우고 사랑을 불태우고 그리고 내가 거기 갈 때 당신과 함께 가자.

내가 할 수 있는 건 도시가 홍수가 되다니. 우리의 사랑은 녹슬어버리고 우리는 바람을 맞고 날아가고 먼지에 짓밟히고 내가 장소를 보여줄게.

사막 평야 높은 곳 거리의 이름도 없고 이름이 없는 곳 이름이 없는 곳 아직 짓고 있어.

사랑을 불태우고 사랑을 불태우고 그리고 내가 거기 갈 때 당신과 함께 가자. 내가 할 수 있는 건 우리의 사랑은 녹슬어버리고 우리는 바람을 맞고 날아가고 바람에 날려버리고 사랑이 보이네.

우리의 사랑이 녹슬어 가는 걸 봐. 우리는 바람에 맞아서 날아가고 있다. 바람에 날려 내가 거기 갈 때 나도 같이 가. 내가 할 수 있는 건.

미안하다는 말은 하기 힘들어

모든 사람은 약간의 휴식이 필요해. 난 그녀가 말하는 것을 들었어.
서로에게 심지어 연인들도 휴식이 필요해.

서로에게 멀리 떨어져서 지금 날 안아줘.
미안하다고 말하기가 어려워. 난 네가 머물러 있었으면 해.

무엇보다 우리는 이겨냈잖아. 네게 보상할게.
약속할게 이러니 저러니 해도 넌 내 일부분이고 널 놓아줄 수 없어.

떨어져 있는 것을 견딜 수 없어. 단지 하루라도 너로부터.
떨어져 있는 걸 원하지 않아. 멀리 내가 사랑하는 것으로부터.

지금 날 붙잡아. 미안하다고 말하기가 어려워. 네가 알길 바래.
지금 날 붙잡아. 난 정말로 미안하다고 네게 말하고 싶어.
난 절대 너를 놓아줄 수 없어.

무엇보다 우리는 견디어 냈잖아. 만회할게. 약속하겠어.

난 세상을 올바르게 살고 있을까?

난 이제부턴 누구도 싫어하진 않겠다.
그렇다고 모두를 사랑할 수도 없지.
하지만 난 이제 네가 싫어 라고 말하는
대신에 너의 그런 점이 마음에 들지 않아라고
당당하게 말할 것이다.

난 내가 점점 올바르게 변해가고 있다고
확신한다. 그 증거로 나의 친구들이 하나둘씩
늘어가고 있으니까. 물론 적도 그만큼 늘어가긴
하지만.

우리가 어른아이가 된다면
지구상에 우리는 천국을 만들어
그 안에서 영원할 수 있다고 확신한다.

내가날믿어서 내가널믿으면 내가있다는
존재만으로 나는 세상을 충분히 바꿀 수
있다. 다른 이들도 그럴테니까...

누가 앞으로 치고 나가는 것이 아니라
모두의 만장일치로 잘 닦여진 길을 향해
우리가 달릴 수 있다.

마음을 비운다는 것

그것은 마음을 비운다는 생각까지도

비우는 것이다!!!

한계상황 : 세상 모두와 싸울 때의 대처법

적은 양의 산소와 적은 양의 물을 섭취해야
하는데 차고 더운 것은 그때 그때 다르니 자신이
직접 경험으로 얻어야 함.

자신의 일과 남의 일(카페 공동 운영자와 나눈 말)

A: 너는 남의 일에 관여하지 않을
자신이 있니?

B: 진정 깨어 있다면 남의 일은
존재하지 않는다는 걸 알겠죠.
이 사실이 내가 확답을 못하는
이유죠.

A: 남의 일인지 자신의 일인지
구분하는 게 최우선이 아닐까?

B: ...

꿈속에서 끝없이 시험을 보는 악몽(과거)

그동안 오래된 고민 - 물리학과 수학의 괴리감들. 난 이 전체를 바꾸기 위해 모든 것을 증명해야만 한다는 잘못된 선택을 했던 거지.

하지만 쉽고 간단한 방법을 찾아냈지. 그것은 상대성 이론과 양자역학의 수학적 오류만을 증명하면 그만이었던 거야.

제목은 아마도 모두를 설명하는 이론이 될거야. 2년 안에 큰 이슈가 될 거라고 확신하지. 몇 년이든 상관은 없지만.

그 다음엔 아이들이나 가르치면서 조용하게 즐기며 세상을 살아가고 싶어.

학교를 졸업하고도 꿈 속에서 끝없이 시험을 보는 악몽들은 이제는 없어졌어.

그러면 난 진정한 자유를 느낄 거라고 생각해. 내가 나 자신을 나의 틀에 가두어 버린 가장 큰 잘못. 적어도 거기에서는 해방될 거라고 믿어.

나는 아직도 세상의 틀에 나 자신을 맞추기엔 내 자신이 충분히 젊고 패기가 있고 모든 가능성을 열어 놓을 충분한 이유가 있다고 생각해.

수학과 과학의 자체의 딜레마들을 설명하기 위해 모순을 또 다른 모순으로 해결하려고 하는 사람들을 보면 답답해. 그런 식으로는 절대로 해결할 수 없다고 봐.

그리고 내가 진정 옳더라도 과연 사람들이 모든 학문을 다시 쓰려는 노력을 하기나 할까?

진실은 항상 저편에 있다고 생각하기 때문이지.

진실에 관한 3가지 부류의 사람들

1번째 부류 : 자신의 이익을 위해 진실을 감추려 하거나 거짓을 진실로 주장한다.

2번째 부류 : 1번째 부류에 반대하여 진실을 알리려 한다.

3번째 부류 : 다수의 부류를 맹목적으로 쫓아가거나 거짓에 현혹 당한다.

나는 지금 어떤 부류의 사람일까? 3번째 부류의 사람만은 절대 되지 않아야 할텐데...

나는 앞으로 이렇게 살 것이다

나는 수능 이전의 선지원 후시험 세대였다. 그러니 교육과정에서 가장 큰 피해를 본 것은 우리세대라고 볼 수가 있다. 한번 학교에 지원해서 시험을 보아 떨어지면 재수를 할 수 밖에는 없는 것이었다. 재수생이 최소한 20만 명은 넘었던 것으로 기억을 한다. 결국은 10등급 내신에서 9등급을 받았고 재수할 때 공부를 열심히 하여 체력장을 포함하여 340만점에 320점까지도 나온 적이 있었는데 소위 sky대학의 물리학과를 진학하려다가 떨어져서 삼수를 하게 되었다.

내신 -16의 핸디캡을 극복하지 못하여 삼수를 하게 되었다. 그런데 삼수를 하는 과장에서 긴 우울증 기간을 거치게 되어 220점도 안 나온 적도 있었다. 모든 게 귀찮아 져서 가까운 수원의 세 글자 대학의 물리학과에 진학을 하려고 했는데 학원에서 원서를 다른 곳에 쓰라고 권유까지 했다. 결국은 한 달 안에 60점 이상을 올려서 수석으로 입학을 하게 되었죠. 물론 졸업당시는 꼴찌였다.

그 당시 재수생의 실력이 어는 정도였는지에 대해 말을 하자면 최초로 재수생 중에 전체 수석이 나왔을 정도니다. 물론 지금은 전체적으로 평준화 추세이지만 내신반영은 실제의 실력을 측정하는 올바른 척도가 될 수는 없다. 대안이 있다면 1년에 1~2번의 적국 학생들을 상대로 내신반영 시험을 보는 것이 있기는 하지만 누가 이것을 검토해 보기라도 할지가 의문이다.

재수와 삼수를 하는 과정에서 그 당시 한 달에 억대의 수강료를 버는 강사들을 많이 접하게 되었는데 실력은 하나도 없었다. 일종의 스타강사의 문제점은 어떠한 것이냐면 수업을 들을 때는 재미도 있고 다 알아 듣는 것 같아 보이지만 실제로 집에 와서 보면 머릿속에 남아 있는 것은 아주 좁은 지식이고 그냥 재미만 있었다는 기억뿐이다. 그냥 개그 콘서트에 다녀온 느낌이라고 할까? 일종의 사기꾼들이다. 강사들엑게 이러한 스타강사가 되기를 원하냐고 물었었다. 그리고 진정한 실력을 지닌 강사가 되기를 원하냐구도... 물론 선택은 본인의 몫이고 나는 남의 일에는 관여하지 않을 생각이다.

여기에서 내가 졸업한 고등학교에 대해 잠시 설명을 하겠다. 내가 다닌 학교는 경기도에서 비평준화 시절에 커트라인 최고의 학교였다. 우리 때는 고등학교도 선지원 후시험제도를 채택했다. 커트라인은 200점 만점에 180점 이상이라고 보면 된다. 60명이 한반일 때 반에서 3명 정도만 원서를 써주는 정도였으니까... 초대교장 선생님이 정말 교육자로서의 가치관이 위대한 분이셔서 항상 우리에게 너희들은 사회에 나가면 모두가 다 어떤 분야에서건 최고가 될 수 있다고 자부심을 길러 주었다. 열정이 어느 정도였냐고 하면 신입생 480명이 들어오면 개인별로 5~10분 정도의 시간을 따로 내어 일일이 1대1 상담을 하셨다.

지금도 학교 안에 들어오면 바로 보이는 "있는 길 가려말고 없는 길 헤쳐 가서 흔적 많이, 많이, 또 많이 남기리라." 라는 팻말을 정확히 기억하고 있다. 교장선생님이 1학년 여름방학 때 은퇴하시면서 은퇴 연설을 하셨는데 여학생 대부분과 남학생 일부가 울었을 정도다. 내제가 만난 가장 위대한 교육자였다.

수학은 수1과 수2 만이 있었는데 우리는 항상 실력정석으로만 공부를 했습니다. 그리고 수업은 교과서로만 진도를 나가고 고3 교과서를 고3초에 모두 끝내고 계속 모의고사 문제만을 풀었다. 사실 초창기의 학교였기도 하고 학생들의 실력에 비해 선생님들의 역량이 부족한 관계로 수업은 거의 무시하는 학생들도 많았다. 7시 등교에 아침자율 2시간 평일야자는

10시까지 무조건 이고 토요일도 5시까지 자율을 했으며 일요일에도 10시부터 5시까지 자율을 항상 했다.

그리고 평일에도 학교에서 밤새워 야자를 하는 것을 허용했다. 방학 때도 10시부터 5시까지 자율을 항상 했다. 그리고 방학 중에 3일정도의 방학을 따로 주는데 숙제가 항상 있었습니다. 정말 지옥같이 힘든 나날들이었다. 하지만 지금에 와서 생각하면 그 때가 가장 그리운 이유는 무엇인지 알 수가 없다.

나는 수2 실력정석을 1학년 겨울방학 때 모두 끝내고 아무런 공부를 한 적이 없다. 전교 꼴찌도 여러 번 했다. 학교에서 점심시간하고 저녁시간에 항상 농구를 하고 야간자율학습 때는 잠을 잤다. 수학이 75점 만점이었는데 아무런 공부를 하지 않고도 항상 70점 정도는 꾸준히 나왔니다.

나는 일종의 편법을 많이 알고 있는 이유도 모든 객관식 문제를 먼저 편법으로 빠르게 30분 정도에 풀고 나중에 남는 시간에 주관식 7문제를 50분이상의 시간을 들여서 풀었기 때문이다. 제대로 학교 스케줄에 맞추어 생활을 한 학생들은 내신 핸디캡을 극복하고 이른바 sky라고 하는 대학을 거의 진학을 했었는데 저는 고등학교 때는 방황만 했다.

그 당시 당구장이나 어디든지 야간에 제한이 없었기에 새벽에 당구장에서 내기 당구를 친다거나 음악(팝송)을 들으면서 안양1번가를 1시간 정도 걸어가서 포장마차에서 국수를 사먹기도 했다. 술과 담배를 제외하고 여러 가지 미친 짓을 많이도 했었다. 그 당시부터 10여 년간 음악을 들으면서 완전히 암기하는 팝송이 5천곡 이상 된다. 고등학교 시절 아무 뜻도 모르고 단순히 노래가 좋아서 들었던 이 팝송들에 모든 진리가 숨어 있었다.

고등학교부터 항상 사회에 대해 비판적이었다. 자본주의 사회 말로는 그럴 듯하다. 하지만 사람이 태어나면서 모두가 동등한 조건(재산)을 가지고 세상에 첫발을 내딛어야 한다고 생각한다. 과거의 유물론에 입각한 사회주의는 정말로 합리적인 방안이었다.

그러나 중간 형태인 공산주의 과정에서 지배층의 욕심 때문에 결국에는 자본주의보다 더 못한 결과를 초래하게 되었다. 자본주의의 최대의 문제는 빈부의 격차에 있다. 그러나 누구도 이러한 문제에는 관심이 없어 보여 안타까울 뿐이니다. 누구는 몇 조의 재산을 가지고 있고 누구는 노숙자이고 정말 세상은 정말 불공평하다.

나는 단 한명의 사람만을 존경했다. 그 분은 나의 친할아버지이다. 과거에 독립운동을 하셨고 이런 문제를 해결하기위해 공산주의에 몸을 담으셨다. 6.25사변 때 돌아 가셨는데 공산당이 경상남도 산청(거창부근)에서 200여명의 죄 없는 사람들을 죽이려 했을 때 자신의 목숨의 바침으로써 모두를 살리셨다.

나라면 절대 그럴 용기가 없었을 것이다. 그 분의 뜻을 이어 받아 모두를 위한 정의를 이루려고 한다. 이것이 내가 살아가는 이유이며 목적이기도 하다. 나는 플라톤의 우상론에 입각하여 누구도 존경하지 않으려고 노력을 했다. 하지만 할아버지는 절대로 존경하지 않을 수가 없다.

모두를 설명하는 이론 (진리의 끝에 올라서)

장자가말하기를나에게잘대해주는사람에게잘대해주고나에게잘못대하는사람들또한잘대해주어라그러면어느누구라도나에게잘대해줄것이다오늘아침까지도나는이런생각을공감하지못하고나와맞지않는사람과는가급적피해야만하면그만이라는생각을했었죠그러나나만을걱정하고편애하는어머니와어려서부터잘대해준적이거의없는아버지사이에서난항상어머니의손을들어왔죠난입버릇처럼셋의관계가원만한균형을이루려면가위바위보게임에서처럼셋이가위바위보로비기는것이가장좋은것이라고말했으면서도정작가정에서만은그러지못했던거죠물리학에서는에서는수학과는다른진법에대해전체를해석하는데그것은수학에서자주사용하는이진법도십진법도아닌삼진법이지요논리학에비유한다면회색논리인공지능의퍼지이론수학적가장아름다운비율에해당하는황금비와관계가있죠오늘힘들고지친고등부파트시강을마치고나서모든것을깨달았죠아침에도를깨달으면저녁에죽어도좋다라는말을실감한거죠그래서앞으로어떻게살아야한다는것에대한확실한답을얻어낸거죠누구의눈치도보지않고그때그곳의상황에따라내마음이이끄는대로행동하되나중에후회하지않는멋진삶을살기로한거죠시간은항상현제에머물기에과거는영원히변하지않는기억으로남고미래를길게내다보는대신에걱정할이유는없는거죠우리는닭이먼저인지달걀이먼저인지를절대로증명할수없는이유때문에우리가과거에존재했던절대정신-소위영혼이라고부르는-이었다면어린아이는더많은깨달음을이미가지고있고교육에의해잘못길들여지는과정에서이유없는반항을하게되며모든잘못길들여진것들을기억에서벗어내기시작하면서누구나가해탈의길로첫발걸음을내딛게되죠그러나극히소수만이그길의끝까지갈수가있는데그이유는자신과다른이와의비교를통해교만이라는뿌리치기거의불가능한악마의유혹으로깊숙히빠져들어헤어나올수가없기때문이죠죽음보다더견디기힘든삶에서끝까지도망치지말고맞서싸워야만모두를설명하는이론을완성

하게되고이것으로진정한모든공부는끝나게되죠완전한진리에이르는마지막길에는세상전체와의싸움이일어나게되는데이경우우리의세계는누군가의도움을받아죽기직전에반드시다시일어나게되어있죠우리가살고있는양자의세계는확률이영인사건이존재할수없는마법의세계이기에상상할수있는모든것은적당한조건이만족되면모두가실현가능하지요그것이꿈인지환상인지가끔은구분이안돼는경우도있지만시간이되돌려져서기억을지우는경우도가끔씩은생기게됩니다푸른하늘의꿈에본거리가생각이나는군요이글에대해서는모든댓글에대해답변을달지못하는점을이해해주세요모든진리는이미세상에다나누어져서나와있었고진리의조각을찾아38년간을기나긴퍼즐을통해구한것입니다세상의모든사람의능력이동등하다는 것을증명한것이기도합니다여기에공감을하는분이라면적어도정상의끝에까지도달해가는사람이거나적어도한번은정상에있어본경험이있는사람이분명합니다하지만정상에오르려고하면마지막순간까지누구의도움의손길도뿌리치고자신이세상의정상에올라가야합니다여기까지가제가설명해줄수있는전부이며더이상은관섭해서는안됩니다자신만의기나긴승부이기때문입니다그리고하나더설명하면누군가가진리의끝에오르면세상에서가장위대하면서도동시에위험한인물이됩니다그때는실제로자신이이우주전체의지배자라는 것을실제로느낍니다하지만이순간은오래지속되지못하고전체가동등한존재가됩니다그래서실제로바둑에서프로9단의실력자가아마추어에게패하기까지합니다인간은모두동등한존재이기에단지역할바꾸기게임만을지속하게되는겁니다이러한것은우리가일상생활에서도흔히겪는데이런대표적인예가바둑삼매경이라는것이있습니다그리고정상에올라갔던경험은기억으로만남게되는데이것을한여름밤의꿈이라고합니다.

행복에 관한 짧은 글

행복은 영어로 happiness다. 그런데 어원은 happen이다...
어느 날 갑자기 일어나는 것 그것이 행복이다. 하지만 모든 일에는 대가가 있기에 행복 또한 불행이라는 대가를 지불해야만 한다.

전체는 무(zero)이기 때문에 득실이 일치 한다는 것이다.
행복에 관한 법칙에는 두개의 법칙만이 존재한다.
머피의 법칙과 셀리의 법칙이다.

하지만 자신의 노력으로 머피의 법칙을 셀리의 법칙으로 바꿀 수도 있고 반대도 가능하다.

머피는 남자이름 이고 셀리는 여자이름인 것을 보면 여자가 더 행복한듯 하다.

타인과의 관계에서도 전체무(zero sum)는 성립을 한다.
남에게 기쁨을 주는 자는 자신에게는 피곤한 일이 되는 것이다.

삭막한 세상에 타인에게 웃음을 주는 것보다 더 좋은 일은 없다고 생각한다.

자유

남의 눈치를 많이 보고 살지 맙시다.
모든 인간의 진정한 바람은 자유다.
자유에는 책임이 따른다.

그러나 그것 때문에 여러분이 약해지거나
주눅 들면 안 된다.

진정한 자유는 쟁취하는 자의 것.
남을 의식하지 않게 되려면 여러분이
한 발짝 양보하고 친해지려고 노력해야한다.

그래서 친해지면 여러분의 자유는 그만큼
커진다.

사람들 속에서만 진정 자유로울 수 있는 것이다.
반항 하세요. 그것은 기성세대에 대한 도전이다.
역사발전의 원동력이기도 한다.

ps)그러나 가끔은 남의 눈치도 보아야 한다.

진정한 승자

다시 시작하는 것입니다. 우주의 끝도 우주의 시작과
다르지 않다.

여러분 모두는 무한한 가능성을 가진 우주다.
자신의 우주를 가장 사랑합시다.

우주를 무한히 넓게할 수도 좁게할 수도 있다.
그러나 진정으로 변하지 않는 자신의 내면을 사랑합시다.

신뢰와 믿음만이 우리가 영원히 살 수 있는 길이다.
그리고 무한경쟁 이것은 모두의 뜻이며 누구도
막을 수 없는 것이다.

경쟁에서 1000000000번 지더라도 마지막에 이기면
그대는 진정한 승자다.

절대 포기 말자. 그리고 이제부턴 자신이 속았던 세상에
반격할 차례다. 조금씩 조금씩 영원히.

당신의 섬세한 그림자를 사랑합니다.

그는 어디에도 없었다

남자는 조간신물을 펼쳐들고 크로스퍼즐 풀이를 하려한다.
올라갔다 내려갔다 앞으로 갔다 뒤로 갔다 뒤엉키는 낱말들...
작은 가방에서 한 움큼 편지를 꺼내들고 남자는 사무실로 사라진다.
또 하루가 시작된다.

그의 머릿속은 낯선 사람들로 가득하다.
그의 머릿속은 알전구가 빛나는 복도처럼 황폐하다.
그도 한때는 이성적인 사람이었지만 지금 그에겐 감춰진 다른 모습이 있다.
그의 얼굴은 낯설어 보인다.

그는 퇴근길 지하철 안에서 책을 읽는다.
어디선가 알 수 없는 노래가 라디오에서 흘러나온다.
그는 아무도 없는 집에 돌아와 문을 열다 말고
여기엔 문이 아니라 바다가 있었는데 하는 생각에 잠긴다.

그의 머릿속은 낯선 가람들로 가득하다. 그의 눈에 초점이 없다.
그는 아무 것도 알지 못한다.
그는 어디에도 없다. 전에도 이랬던가?

그의 마음은 낯선 사람들로 가득하다.
꼬리를 무는 상념 속에 낯선 사람들이 숨바꼭질 한다.

느린 것과 빠른 것

느린 것과 빠른 것은 중요한 것이 아니다.
변화하는 것이 중요하기에 느린 것과 빠른
것의 조화가 중요하다.

생활에서 모두가 그렇다고 생각한다.
빛의 세기라든지, 열이라든지, 잠이라든지.

소중한 자신의 진리

영원불변의 진리는 존재하지 않는다.
모두의 만장일치라도 그것이 진리는 아닐 수 있다.
모든 것이 상대적. 자신만의 진리를 찾아라.
소중한 자신의 진리는 따로 있을 수 있다.

나는 더 이상 남의 일에 관여하지 않을 것이다.
내일에만 관여하겠다.

지금까지의 이야기도 그냥 참고일 뿐.
여러분이 지킬 필요는 없다.
여러분의 진리를 찾는 일에 내가 나서면 안 된다.

진정으로 강한 다야몬드같은 자신을
만들어 보자.
그러나 너무 강하면 부러진다.
갈대와 칼 모두 장단점이 있다.

어느 것을 선택 하던지 둘 다 선택하는지는
그때 그때 다르다.

내 생각엔 세상에서 제일 강한 사람 없고 제일 약한 사람도
없다. 정신력은 아이들이 더 강한 거 다. 자신의 욕심

(자기가 가진 모든 것)을 버릴 때 진정으로 내면으로 많은 것을
가지는 자가 될 수 있다는 생각이다.

고대의 대통일장 이론 (4원소설)

물 - 강한 상호작용력

불 - 전자기력

흙 - 중력

바람 - 약한 상호작용력

바람은 오델로 게임에서처럼 모든 것을 뒤집는
힘을 가지고 있다.
모든 힘의 크기는 동일함을 증명할 수 있다.

영화 - 제 5원소

우리는 오래 전부터 진리를 알고 있었다. 다만 표현이 달랐던 것 뿐이다.

사랑이라는 것을 찾지 못하면 모든 것은 끝이 난다.
예전부터 사랑을 주제로 한 노래가 대부분인 이유도
이 때문이다.

우리는 원래 말없이 느낌으로 서로의 마음을 전할 수
있었으나 희미해진 6번째 감각인 6th Sense.
이것이 우리를 무한의 혼란으로 빠져 들게 했다.

가르치되 가르치지 않는다

스승은 단지 바람직하고 멋진 모습을 보여 주도록 노력한다.
아이들이 좋아해서 그것을 따라하거나 하는 것은 전적으로
아이들의 몫으로 남겨둔다.

Hey Teacher Kid Them Alone.

내가 얻었던 정보들

여러 가지 신문이나 티비에서 얻었던 자료들...

지상 4만피트 상공에서 반중력을 발견했다.
시험관 내에서의 핵융합
프레이디 머큐리 사망일에 우리나라가 배구경기에서
일본에 2대0 으로 지다가 3대2로 대역전을 했다는
뉴스(We Are The Champion이 배경음악)등등...

지금까지 너무 많은 말을 했다

나는 상대론과 양자론의 불일치를 이용하여 누구도 풀 수 없는
완전한 제논의 역설을 만든 것은 사실이다.

그러나 내가 증명한 것은 단지 '모든 이론을 만들 수 있는 총체적
이론'에 불과 하다.

그리고 이것은 모든 삼라만상이 하나로 연결되어 있다는 것이고
우리 인간 모두는 동등한 능력을 가지는 것을 증명한 것에 불과하다.

그러나 나는 내가 다른 사람보다 잘났다고 생각하는 마지막 악마의
유혹에 걸려서 다른 사람의 소중한 충고를 자기합리화로 무시해왔다.

앞으로는 모든 이의 어떠한 비난과 격려의 글도 달게 받아 들이고
더 옳은 생각이 있다면 제 자신의 생각을 바꿀 용이가 있다.

우리는 모두가 동등한 능력을 가지고 있기에 불필요한 자기 우월감은
자신을 망치게 된다는 것을 비로서 깨달은 것이다.

하지만 이 싸움을 통하여 얻은 것은 하나 있습니다.
자신의 존재의 이유는 다른 사람과 다르다는 것입니다.

더 이상은 다른 사람의 일에 관여하지 않고 내가 하고자 하는 일을
묵묵히 해나가겠다.
자존심 때문에 내가 절대 하지 못했던 말을 이제는 해야만 한다.

그 동안 나와 친분이 있었던 분들이 나에게 다시 돌아오기를 빌며
내가 잘못 생각한 우월감에 대해 진심으로 미안하다는 말을 전한다.
아직 나는 연륜이 부족했었다.

더 이상 자기합리화는 하지 않겠지만 내가 옳다고 생각하는 일에는 전념을 다하여 진정으로 강한 자가 되려고 한다.

하지만 남을 향해 무릎을 꿇지 않고 나 자신에게만 무릎을 꿇고 나 자신을 끊임없이 채찍질해 나가고자 한다.

또한 타인에게도 솔직해지려고 한다. 그리고 이제는 나 자신이
나에게 금지시켰던 단 한가지인 진정한 여자와의 정신적 사랑을
하고자 한다.

정신적 사랑이기에 내가 가르치는 제자에게도 나는 '너를 좋아한다.' 라고 당당히 말을 할 것이다.

믿는 구석이 있으면 나약해지기 때문에 종교도 절대적 무교로 다시
태어나려고 한다.

모두를 설명하는 것이 내가 이 세상에 온 목적임을 알고 있기에 그것에
최선을 다해 노력할 것이다.

나의 이 오래된 무겁게 누르는 고통은 너무나 익숙해져 버린 친구이지만
그 친구를 조금씩 떠나보내기로 결심했다.

에필로그

비상

I get up, and nothing gets me down.
You got it tough I've seen the toughest around
And I know, baby, just how you feel.
You've got to roll with the punches to get to what's real
Oh can't you see me standing here.

I've got my back against the record machine.
I ain't the worst that you've seen.
Oh can't you see what I mean.
Might as well jump Jump.
Might as well jump.

Go ahead, jump.
Aaa ohh Hey you How said that
Baby how you been.
You say you don't know, you won't know until we begin.
Well can't you see me standing here.
I've got my back against the record machine.
I ain't the worst that you've seen.